光文社文庫

文庫書下ろし／長編時代小説

数《じゅ》珠《ず》丸《まる》恒《つね》次《つぐ》

御刀番 左京之介（三）

藤井邦夫

光 文 社

この作品は光文社文庫のために書下ろされました。

『数珠丸恒次《じゅずまるつねつぐ》　御刀番《おかたなばん》　左　京之介（三）』目次

第一章　数珠丸恒次

一

降り続く雨は、神田川《かんだがわ》の流れに小さな波紋を幾重にも広げていた。

小石川《こいしかわ》御門前の常陸《ひたち》国水戸《みと》藩江戸上屋敷は雨に濡れていた。

屋敷の裏庭に龕燈《がんどう》の明かりが交錯し、見廻りの番士たちの怒号があがった。

黒装束の忍びの者の頭《かしら》は、金襴《きんらん》の刀袋に納められた太刀を背負って降りしきる雨を切り裂くように跳んだ。

見廻りの番士たちは、忍びの者の頭に追い縋《すが》って必死に斬り掛かった。

忍びの者たちが現われ、金襴の刀袋に納めた太刀を背負った頭を逃がす為、番士たちに殺到した。

　血が飛び散り、雨が直ぐに消した。

　家来たちが駆け付け、忍びの者たちに襲い掛かった。

　忍びの者たちは巧妙に闘い、番士や家来たちを次々と倒していった。

　血と泥水と怒号が飛び交った。

　雨は降り続いた。


　愛宕《あたご》下大名小路に連なる大名屋敷の屋根は、雨上がりの陽差しに輝いていた。

　駿河《するが》国汐崎《しおざき》藩納戸《なんど》方《かた》御刀番《おかたなばん》の左《ひだり》京之介《きょうのすけ》は、江戸家老の梶原頼母《かじわらたのも》に呼ばれた。

　京之介は、梶原の用部屋に赴《おもむ》いた。

　汐崎藩江戸上屋敷は静けさに満ちていた。

　先代藩主堀田宗憲《ほったむねのり》が毒を盛られて正気を失い、嫡子千代丸《ちよまる》が堀田家の家督《かとく》を継いで一年が過ぎていた。

　正気を失った宗憲は、渋谷広尾《しぶやひろお》の江戸中屋敷に移って暮らし、七歳の千代丸が堀田家の当主になっていた。

汐崎藩堀田家は、後見役である水戸家の干渉を受けながらも無事に此《こ》の一年を過ごしてきた。しかし、水戸徳川家八代当主斉脩《なりのぶ》の娘の子である千代丸が藩主である限り、水戸家の干渉は何かと続き、汐崎藩はその顔色を窺わなければならない。

汐崎藩五万石堀田家の宿命……。

京之介は、長く薄暗い廊下を梶原の用部屋に向かった。

「忍びの者……」

京之介は、微《かす》かな戸惑いを過《よ》ぎらせた。

「うむ。昨夜、水戸藩上屋敷に忍び込んだそうだ」

汐崎藩江戸家老の梶原頼母は、腹心の者を水戸藩江戸上屋敷に潜入させていた。

「して……」

京之介は、梶原に話の先を促した。

「忍びの者は、見廻りの番士や駆け付けた家来を倒し、金襴の刀袋に納められた太刀を盗み取っていったそうだ」

「金襴の刀袋に納められた太刀……」

京之介は眉をひそめた。

「左様。京之介、忍びの者と盗まれた太刀に心当たりはあるか……」

「忍びの者に心当たりはありませんが、盗まれた太刀には……」

「心当たり、あるのか……」

「はい。一ヶ月程前、拙者が水戸藩江戸家老本田修理《ほんだしゅり》さまに呼ばれたのを覚えておられますか……」

「うむ……」

「あの時……」

京之介は、用部屋の庭に煌《きら》めく木洩れ日を眺めた。


神田川の流れは煌めいていた。

京之介は、小者《こもの》の佐助《さすけ》を従えて神田川に架かる小石川御門を出た。

小石川御門の前には、常陸国水戸藩江戸上屋敷が広がっていた。

水戸徳川家は、尾張《おわり》徳川家や紀伊《きい》徳川家と並ぶ御三家であり、公儀や諸大名に隠然たる威勢を誇っていた。

京之介は、佐助を従えて水戸藩江戸上屋敷を訪れた。

出迎えた家来は、京之介を書院に誘《いざな》った。

京之介は、佐助を表門の門番所脇の腰掛けに待たせて家来に従った。

「お気を付けて……」

佐助は、油断のない眼差しで屋敷内に入って行く京之介を見送った。


水戸藩江戸上屋敷の書院は、静けさに満ち溢れていた。

京之介は、水戸藩江戸家老本田修理が来るのを待った。

本田修理こそが、水戸藩が汐崎藩堀田家を秘かに支配する企《くわだ》ての首謀者だった。

汐崎藩の前の藩主の堀田宗憲に毒を盛ったのも、筋を辿《たど》っていけば本田修理の陰謀だ。

主に毒を盛り、藩を秘かに支配する敵……。

京之介は、静かに燃える憎悪を汐崎藩の安寧の陰に秘めた。

「待たせたな……」

水戸藩江戸家老本田修理は、初老の武士を従えて入って来た。

京之介は平伏《へいふく》した。

「儂は江戸家老の本田修理だ。その方が左京之介か……」

「はい。汐崎藩納戸方御刀番左京之介にございます」

京之介は、本田修理を窺《うかが》った。

本田は、京之介を見詰めた。

その眼には、微かな侮《あなど》りと怒りが入り混じっていた。

本田の怒りは、腹心である水戸藩目付頭の望月蔵人《もちづきくらんど》を斬ったのが京之介だと知っている証《あかし》だった。

「御当主千代丸さま、御母堂お香《こう》の方さまは御壮健であられるかな」

本田は、微かな侮りと怒りを親しげな笑みに隠した。

「はい。恙《つつが》無く……」

「お香の方さまは我が水戸家御当主斉脩公の姫、千代丸さまは孫。何事かあれば遠慮無く申してくるがよい」

本田は、本音を隠して優しげに告げた。

〝何事か〟は汐崎藩の弱味になり、水戸藩の締め付けの手札になるのだ。

「忝《かたじけ》のうございます」

「して、左。あれなるは、当家御刀番神尾兵部《かみおひょうぶ》……」

本田は、控えていた初老の武士を引き合わせた。

「水戸藩御刀番神尾兵部にございます」

神尾は、昂《たか》ぶりや侮りを見せずに穏やかに挨拶をした。

「左京之介です」

「左、今日来て貰ったのは他でもない。汐崎藩の御刀番は、江雪《こうせつ》左文字で名高い刀工左《ひだり》一族の流れを汲む剣の遣い手であり、刀の目利《めき》きと聞いてな。見て貰いたいものがある」

「見て貰いたいもの……」

京之介は戸惑った。

「左様。神尾……」

本田は、神尾を促した。

「はい。太刀をこれに……」

神尾は、障子の外に声を掛けた。

御刀番と思われる家臣たちが、太刀と目釘抜《めくぎぬき》などの道具を持って来た。

太刀は三尺弱程のものであり、鞘《さや》や柄《つか》などの拵《こしらえ》はごく普通なものだった。

京之介は見守った。

神尾は、家臣の差し出す太刀を受け取った。

「左、その太刀を目利きして貰いたい」

本田は、厳しい面持ちで京之介を見詰めた。

「目利き……」

「左様《さよう》。目利きだ……」

本田修理のような策謀家が、他家の御刀番に目利きをさせる太刀とはどのようなものなのか……。

京之介は興味を抱いた。

「拙者で宜《よろ》しければ……」

京之介は頷《うなず》いた。

「うむ、神尾……」

本田は、神尾を促した。

「はい。左どの……」

神尾は、太刀を京之介に差し出した。

「ならば……」

京之介は、神尾に会釈をして太刀を受け取って音もなく抜き放った。

太刀は落ち着いた輝きを放った。

刃長は二尺七寸、反りは一寸、元幅は約一寸三分、先幅は約七分……。

見事な太刀姿だ……。

京之介は、秘かに感心した。

「では……」

京之介は、神尾に目礼して太刀の目釘を抜き、柄と鎺《はばき》を外した。そして、刀身の油を拭《ぬぐ》い取り、太刀を翳《かざ》した。

太刀の鍛《きた》えは小板目《こいため》、映りは乱れ、刃文は直刃《すぐは》に近い直湾《じきのた》れで丁字《ちょうじ》が入り、帽《ぼう》子《し》は小丸《こまる》。

茎《なかご》は生《う》ぶで先は栗尻、鑢目《やすりめ》は切り、そして目釘孔の上に「恒次《つねつぐ》」の二字銘が刻まれていた。

これは……。

京之介は、思わず言葉を失って眼を瞠《みは》った。

「如何《いかが》ですかな」

神尾は、京之介に真摯《しんし》な眼差しを向けた。

「この太刀の造り、噂に聞く数珠丸恒次《じゅずまるつねつぐ》かと……」

京之介は告げた。

「やはり、そう目利きされますか……」

神尾は、穏やかに微笑んだ。

「はい」

京之介は頷いた。

如何に見た目が瓜二つでも、鍛えや刃文などを写した贋作《がんさく》を造るのは至難の業《わざ》だ。

京之介は、目利きした太刀を伝説の数珠丸恒次だと見定めた。

「御家老、左どのも数珠丸恒次と目利きされるそうにございます」

神尾は、本田修理に告げた。

「そうか、やはり天下五剣の数珠丸恒次か……」

本田は、嬉しげな笑みを浮かべた。

〝天下五剣〟とは、童子切安綱《どうじぎりやすつな》、三日月宗近《みかづきむねちか》、鬼丸国綱《おにまるくにつな》、大典太光世《おおてんたみつよ》、そして数珠丸恒次の五振りの太刀を称した。

京之介が目利きした太刀は、その天下五剣の一振りの数珠丸恒次と造りが瓜二つなのだ。

数珠丸恒次は、日蓮上人《にちれんしょうにん》の愛刀として名高い太刀だった。そして、日蓮が身延《みのぶ》山《さん》に隠棲して遺した物の一つであり、享保《きょうほう》の年に紛失したとされていた。

その伝説の名刀数珠丸恒次が、水戸藩江戸上屋敷にあったのだ。

「本田さま、この太刀、どのような経緯で水戸藩に……」

京之介は尋ねた。

「左、それは申せぬ……」

本田は、微かな嘲《あざけ》りを滲ませて笑った。

おそらく、御三家水戸藩の威勢を頼る大名が献上したものに違いない。

京之介は、伝説の太刀〈数珠丸恒次〉が水戸藩江戸上屋敷にある謂《いわ》れを読んだ。

「ならば、忍びの者が盗んだ金襴の刀袋に納められた太刀、その伝説の数珠丸恒次だと申すか」

梶原頼母は眉をひそめた。

「おそらく……」

京之介は頷いた。

「それにしても忍びの者、何故《なにゆえ》に数珠丸恒次を奪ったのか……」

「誰かに雇われての所業かもしれませぬ」

「うむ……」

「さあて、水戸藩に何が起きているのか……」

京之介は想いを巡《めぐ》らした。

何《いず》れにしろ水戸藩に仇《あだ》なす者がおり、秘かに何事かを企てているのは間違いないのだ。

面白い……。

京之介は、不敵な笑みを浮かべた。

庭に風が吹き抜け、木洩れ日の煌めきが激しく揺れた。

小石川の水戸藩江戸上屋敷は、何事もなかったかのように鎮まっていた。

京之介は、小石川御門の袂《たもと》に佇《たたず》んで水戸藩江戸上屋敷に出入りする者を眺めていた。

水戸藩御刀番神尾兵部……。

京之介は、がっしりした体軀で穏やかな初老の武士を思い浮かべた。

もし、忍びの者が数珠丸恒次を刀蔵から盗み出したとしたなら、御刀番の神尾兵部は責めを取って腹を切ったかもしれない。

京之介は、神尾の身を心配している己に気付いて苦笑した。

「京之介さま……」

佐助が、水戸藩江戸上屋敷の裏手から駆け寄って来た。

「如何だった」

「はい。親しくなった中間《ちゆうげん》にそれとなく探りを入れたのですが、御刀番の神尾兵部さまが切腹された様子はありません」

佐助は、京之介の供をして水戸藩江戸上屋敷に来た時、同じ年頃の中間の幸助《こうすけ》と親しくなっていた。

「そうか……」

京之介は、微かな安堵《あんど》を覚えた。

「それから、昨夜の件は固く口止めされているのか、何も洩《も》らしません」

「さすがだな……」

京之介は苦笑した。

「して、上屋敷内の様子は……」

「いつも以上の厳しさが窺われました」

「そうか……」

水戸藩の藩主は、参勤交代をせずに江戸定府《じょうふ》とされて常に江戸上屋敷にいた。それだけに家中に緩みはなかった。その水戸藩の江戸上屋敷にいつも以上の厳しさが窺われた。

水戸藩はそれだけ衝撃を受けている……。

京之介は睨んだ。

東叡山寛永寺《とうえいざんかんえいじ》が申《さる》の刻七つ（午後四時）の鐘を響かせた。

「京之介さま、申の刻七つです」

佐助は促した。

「うん。ならば此処を頼む」

「承知しました」

佐助は頷いた。

京之介は、小石川御門の袂に佐助を残して神田川沿いの道を東に向かった。

不忍池《しのばずのいけ》には微風《そよかぜ》が吹き抜けていた。

京之介は、不忍池の畔《ほとり》の茶店を訪れた。

「いらっしゃいませ……」

茶店の老婆が京之介を迎えた。

「婆さん、来ているかな」

京之介は、茶店の婆さんに笑い掛けた。

「はい。奥にどうぞ」

婆さんは、茶店の奥の座敷を示した。

「邪魔をする」

京之介は、茶店の奥の座敷に向かった。

奥の座敷には、不忍池からの微風が吹き抜けていた。

京之介は、奥座敷にあがった。

女忍びの楓《かえで》が、縁側の開け放たれた障子の陰から現われた。

「やあ、暫《しばら》くだったな」

「ええ……」

「待たせたかな」

「いいえ……」

楓は微笑んだ。

京之介は、楓と落ち合うのに茶店を利用していた。

「お待たせしました」

茶店の婆さんが、酒と肴を持って来た。

「うん。じゃあ婆さん……」

京之介は、婆さんに一朱《しゅ》金を握らせた。

「これはこれは、いつもお気遣い下さいまして、ありがとうございます」

茶店の婆さんは、嬉しげに歯のない口元を綻《ほころ》ばせて座敷から出て行った。

「して、御用とは……」

楓は、京之介に酌をした。

「楓、昨夜、水戸藩江戸上屋敷に忍びの者が侵入した」

京之介は、楓の猪口《ちょこ》に酒を満たしながら告げた。

「忍びの者が水戸藩江戸上屋敷に……」

楓は眉をひそめた。

「そして、数珠丸恒次という名刀を盗み出したようだ」

京之介は、酒を飲みながら告げた。

「数珠丸恒次……」

「うむ。それで忍びの者が何《いず》れの者共なのか、突き止めて貰いたい」

「突き止めて数珠丸恒次なる名刀を手に入れますか……」

「それは分からぬ」

「分からぬ……」

楓は戸惑った。

「数珠丸恒次、正しい持ち主の許《もと》にあるべきだ」

「正しい持ち主が水戸藩とは限らぬか……」

楓は、京之介の腹の内を読んだ。

「左様。楓、私は忍びの者が唯々《ただただ》数珠丸恒次欲しさで忍び入ったとは思えぬ。水戸藩に対する遺恨があるのか、それとも……」

「遺恨を抱く者に雇われての所業……」

楓は、忍びの者の背後に潜んでいる黒幕の存在を読んだ。

「うむ。何《いず》れにしろこの一件、水戸藩に仇《あだ》なす者が拘《かか》わっている筈《はず》だ。私はそれを突き止めたい」

京之介は、厳しさを滲ませた。

「仇なす者を突き止めてどうするのだ」

「もし、それが水戸藩の弱味となるなら、汐崎藩への締め付けを弱める事が出来るかもしれぬ……」

京之介は、冷たい笑みを浮かべた。

「分かった。水戸藩江戸上屋敷に忍び込んだ忍びの者、突き止めてみよう」

「やってくれるか……」

京之介は、微かな安堵を過ぎらせた。

「うむ……」

楓は頷き、猪口の酒を飲んだ。

「忝い。おそらく水戸藩の者共も忍びの者を追っている筈だ。私は水戸藩の者共の動きを探ってみる」

京之介は、厳しい面持ちで告げた。

不忍池から吹く微風は、一枚の小さな枯葉を座敷に運んだ。


水戸藩江戸上屋敷は、家来たちの出入りもなく静かだった。

佐助は、小石川御門の袂から見張り続けた。

静か過ぎる……。

佐助は、家来たちの出入りもなく静かなのが、屋敷内の混乱を懸命に覆い隠しているからだと読んだ。

「変わりはないか」

京之介が戻って来た。

「はい。それで、楓さんは……」

「引き受けてくれた」

「そいつは良かった。京之介さま……」

佐助は眉をひそめた。

水戸藩江戸上屋敷の表門脇の潜り戸が開き、塗笠《ぬりがさ》を被《かぶ》ったがっしりした体軀の武士が出て来た。

「神尾兵部だ……」

京之介は、塗笠を被った武士を水戸藩御刀番の神尾兵部だと見抜いた。

「神尾兵部さま……」

佐助は、神尾兵部を見定めた。

「佐助、追うぞ」

京之介は、佐助を伴って神尾兵部を追った。

二

神田川には荷船が行き交い、舳先《へさき》が切り裂く流れは煌めいていた。

水戸藩江戸上屋敷を出た神尾は、神田川沿いの道を西に向かった。

京之介は、佐助と共に尾行《つけ》た。

神尾は、神田川と合流する江戸川に架かっている船河原《ふなかわら》橋を渡り、牛込《うしごめ》御門前に進んだ。

数珠丸恒次を奪われた御刀番にしては、焦りを感じさせない落ち着いた足取りだった。

京之介は、微かな戸惑いに駆られた。

神尾は、牛込揚場町《あげばまち》を抜けた。

京之介と佐助は、充分な距離を取って慎重に尾行を続けた。

神尾は、牛込御門前に出て神楽《かぐら》坂を上がり始めた。

京之介と佐助は追った。

神楽坂を上がった神尾は、毘沙門天《びしゃもんてん》で名高い善國寺《ぜんこくじ》の山門を潜った。

京之介と佐助は、善國寺の山門に走って境内を窺った。

神尾は、背の高い総髪の若い浪人と境内の片隅で何事かを話していた。

京之介と佐助は、神尾と若い浪人の様子を見守った。

神尾と若い浪人は、緊張した面持ちで言葉を交わしていた。

「何者ですかね……」

佐助は眉をひそめた。

「うむ……」

京之介は、若い浪人の形《なり》に素性を窺わせる物を探した。だが、素性を窺わせる物は見当たらなかった。

神尾と若い浪人の話は終わった。

若い浪人は、神尾に会釈をして山門に向かった。

神尾は、境内に残って若い浪人を見送った。

善國寺の山門を出た若い浪人は、神楽坂を下り始めた。

「京之介さま……」

「追ってみてくれ」

「はい……」

「佐助、くれぐれも無理は禁物。危ないと思ったら直ぐに止めるのだ。良いな」

京之介は、厳しい面持ちで告げた。

「心得ました」

佐助は頷き、若い浪人を追って神楽坂を下り始めた。

京之介は見送り、善國寺境内の神尾を窺った。

神尾は、本堂に手を合わせてから山門に向かった。

京之介は追った。


善國寺を出た神尾兵部は、肴町《さかなまち》の裏通りに進んで刀剣商『山城屋《やましろ》』を訪れた。

大名家の御刀番が刀剣商を訪れるのは、何の不都合もない。だが、数珠丸恒次が奪われた直後の訪問は、何らかの意図を感じさせた。

京之介は、間口の狭い刀剣商『山城屋』を窺った。

刀剣商『山城屋』は、暖簾《のれん》を揺らしているだけで大名旗本《はたもと》家御用達の金看板などは一枚もなかった。

三十五万石の大名で御三家の水戸藩の御刀番が出入りする刀剣商らしからぬ……。

京之介は、再び微かな戸惑いを覚えた。

数珠丸恒次を奪われたにしては、狼狽《うろた》えた様子もなく落ち着いているのに拘わりがあるのかもしれない。

京之介は睨んだ。


若い浪人は、神楽坂を下りて牛込御門前に出た。

どっちに行く……。

佐助は、物陰から若い浪人を見守った。

若い浪人は、牛込御門前から外濠沿いに市《いち》ヶ谷《や》御門に向かった。

佐助は、慎重に追った。

若い浪人は、外濠沿いの道を進んだ。

市ヶ谷御門から四《よ》ッ谷《や》御門……。

若い浪人は、四ッ谷御門前を西に曲って麴町《こうじまち》十一丁目に入った。そして、大横《おおよこ》丁《ちょう》から甲州《こうしゅう》街道に続く往来を四ッ谷大木戸に向かった。

土埃や馬糞の匂いが漂い始め、四ッ谷大木戸が近いのを報せた。
若い浪人は、忍町《おしちょう》の裏通りに進んで古い小さな寺に入った。
佐助は見届け、古い小さな寺の扁額《へんがく》を見上げた。
古い小さな寺の扁額には、風雨に晒《さら》されて掠れた文字で『正福寺《しょうふくじ》』と記されていた。
佐助は、山門の陰から『正福寺』を窺った。
『正福寺』の狭い境内は掃除が行き届いており、古いながらも綺麗な寺だった。
若い浪人は、『正福寺』に住んでいるのか、それとも用があって訪れたのか……。
そして、若い浪人は何者で神尾兵部とどんな拘わりなのだ……。
佐助は、見定めようとした。
陽は大きく西に傾いた。

京之介は、刀剣商『山城屋』の付近の店にそれとなく聞き込みを掛けた。

刀剣商『山城屋』には、老主人の義兵衛《ぎへえ》と妻の千代《ちよ》、手代《てだい》の甚八《じんぱち》がいた。そして、『山城屋』は並の武士に普通の刀剣を売りはせず、古い刀を探し出して来ては大名旗本家に高値で売っていた。

まるで古美術商だ……。

京之介は苦笑した。

水戸藩が数珠丸恒次を手に入れたのは、おそらく刀剣商『山城屋』義兵衛を通じての事なのだ。

京之介は睨んだ。

刀剣商『山城屋』から神尾兵部が小柄な白髪の老人に見送られて出て来た。

小柄な白髪の老人は、刀剣商『山城屋』主の義兵衛……。

京之介は見定めた。

神尾は、義兵衛に見送られて神楽坂を下り始めた。

京之介は追った。

神楽坂を行き交う人々は西陽を受け、斜面に影を伸ばしていた。

愛宕下大名小路には、連なる大名家の辻行燈《つじあんどん》が灯されていた。

佐助は、汐崎藩江戸上屋敷の裏門を入って侍長屋に向かった。

侍長屋の家々には明かりが灯され、酒を飲んでいる者たちの笑い声が洩れていた。

佐助は、京之介の家に進んだ。

京之介の家には、明かりが灯されていた。

帰っている……。

佐助は、京之介の家の腰高障子を小さく叩いた。

「佐助です」

「おう。開いている」

家の中から京之介の返事がした。

佐助は、素早く家の中に入った。

酒を飲んでいる者たちの笑い声が響いた。

「御苦労だったな」

京之介は佐助を労《ねぎら》い、湯呑茶碗に酒を満たして差し出した。

「畏《おそ》れいります」

佐助は、酒の満たされた湯呑茶碗を嬉しげに受け取った。

「腹が減っただろう。詳しい話は飯を食べてからだ」

京之介は、上屋敷の小者が運んでくれた夕食の膳の一つを佐助に示した。

「はい。頂きます」

佐助は、湯呑茶碗の酒を美味そうに飲んだ。

京之介と佐助は、酒を飲みながら夕食を食べ始めた。


燭台《しょくだい》の火は揺れた。

京之介と佐助は、神尾兵部と若い浪人の善國寺を出てからの動きを教え合った。

「刀剣商の山城屋ですか……」

「うむ。水戸藩の数珠丸恒次の出処《でどころ》、おそらく山城屋だろう」

京之介は読んだ。

「はい……」

佐助は頷いた。

神尾兵部は、刀剣商『山城屋』から真っ直ぐ小石川の水戸藩江戸上屋敷に帰った。

京之介は見届け、愛宕下大名小路の汐崎藩江戸上屋敷に戻った。

「で、若い浪人、四ッ谷忍町の寺に入ったのか……」

「はい。正福寺って古い寺でしてね。清源《せいげん》という老住職と、宇平《うへい》という年寄りの寺男が暮らしているのですが、若い浪人は最近住み始めたばかりなので、名前や素性、近所の者も未だ良く分からないそうです」

佐助は、肝心な事が分からなかった苛立ちを滲ませた。

「最近、住み始めた……」

京之介は眉をひそめた。

「はい。何処から来たのかも……」

「うむ。で、若い浪人、どうした」

「それが、正福寺に入ったまま外に出る事はありませんでした」

「そうか……」

「明日、若い浪人の名前と素性、必ず摑んで来ます」

佐助は、悔しさを過《よ》ぎらせた。

「うむ。だが、事を焦って危ない目に遭わないようにな」

「はい。心得ております」

佐助は頷いた。

京之介は、若い浪人に焦臭《きなくさ》さを感じていた。


水戸藩江戸上屋敷は寝静まり、見廻りの番士たちが厳しい警戒をしていた。

楓は、忍び装束に身を固めて江戸上屋敷に忍び込み、見廻りの番士たちの警戒を躱《かわ》して御殿の大屋根に潜んだ。

江戸上屋敷に侵入した忍びの者たちが御刀蔵を破って数珠丸恒次を盗み取った。

忍びの者たちは、御刀蔵の場所をどうやって突き止めたのか……。

楓は、様々な手立てを思い浮かべた。

探し廻って突き止めたのか……。

それとも、手引きをする間者《かんじゃ》がいたのか……。

もし、間者がいたとしたなら、水戸藩家中の者として未だ上屋敷内にいる筈なのだ。何故なら、忍びの者たちの狙いが数珠丸恒次を盗み取るだけだとは思えないからだ。

水戸藩に仇なす企てがあるなら、まだ何かを仕掛ける筈だ。仕掛ける為には、間者を引き上げる訳はない。

手引きをした間者は未だいる……。

楓はそう睨み、間者を突き止めようと上屋敷に忍び込んだ。

間者を突き止め、忍びの者たちを辿る……。

楓は、御殿の大屋根から屋根裏に移り、朝を待つことにした。

翌朝早く、佐助は四ッ谷忍町の正福寺に行った。

京之介は、御刀番として御刀蔵に入り、汐崎藩所蔵の刀剣の手入れをした。

「左さま……」

御刀番見習《みならい》の佐川真一郎《さがわしんいちろう》がやって来た。

「なんだ。真一郎……」

「水戸藩御刀番の神尾兵部さまがお見えだと取次の者が……」

「神尾どのが……」

京之介は戸惑った。

「はい……」

「よし。書院にお通ししてくれ」

京之介は命じた。

「心得ました」

佐川真一郎は、御刀蔵を出て行った。

京之介は、刀の手入れを続けた。

神尾は何しに来たのか……。

京之介は、刀の手入れをしながら神尾が来た理由を推し量った。

何れにしろ数珠丸恒次に拘わる事だ。

京之介は、そう睨んで刀の手入れを終えた。


神尾兵部は、出された茶にも手を付けずに瞑目《めいもく》し、端然《たんぜん》として座していた。

「お待たせ致しました」

京之介は詫《わ》び、神尾と向かい合った。

「いえ。急な訪問、お許し下さい」

神尾は、穏やかに挨拶をした。

「して、拙者に何か……」

京之介は、神尾の出方を窺った。

「それなのですが、過日、我が水戸藩江戸上屋敷に賊が押し込みましてな」

神尾は、京之介の反応を見定めようと見詰めながら告げた。

「賊が……」

京之介は、神尾の狙いに気付き、眉をひそめてみせた。

「左様……」

「して、賊の狙いは……」

「数珠丸恒次……」

神尾は、京之介を見据えた。

「数珠丸恒次……」

京之介は、激しく驚いてみせた。

「賊は御刀蔵を破り、数珠丸恒次を盗み取っていきました」

神尾は、無念さを隠して淡々と告げた。

「それは一大事……」

「左どの……」

神尾は、京之介を遮《さえぎ》った。

京之介は、怪訝《けげん》な面持ちで神尾を見詰めた。

「御刀蔵を破り、数珠丸恒次を盗み取った賊に心当たりはござらぬかな」

「心当たり……」

「うむ」

神尾は、京之介を見据えたまま頷いた。

「ござらぬが……」

京之介は、神尾を見返した。

「ならば左どの、我が藩が名刀数珠丸恒次を手に入れた事、何方《どなた》かにお話しになられましたかな」

「いいえ。誰にも話しておりませぬが……」

京之介は、神尾の出方を探った。

「左様ですか……」

神尾は、微かな落胆を過ぎらせた。

「水戸藩江戸上屋敷に名刀数珠丸恒次があると、拙者から洩れたとお疑いか……」

京之介は苦笑した。

「如何《いか》にも。しかし、違いましたな」

神尾は、穏やかな笑みを浮かべた。

「お疑いは晴れましたか……」

「はい。御無礼、お許し下さい」

神尾は、京之介に頭を下げて詫びた。

「いいえ。拙者も神尾どのの立場になれば、同じ疑いを抱く筈《はず》。詫びる必要はありません」

京之介は、神尾の立場を思い遣《や》った。

「忝い……」

「して神尾どの、水戸藩江戸上屋敷は厳しい警固《けいご》をしている筈。賊はどうやって押し入ったのですかな」

「それが、見廻りの者共が気付いた時は、既に御刀蔵が破られ、数珠丸恒次は持ち出された後でしてな。急ぎ追ったのですが……」

神尾は眉をひそめた。

「逃げられましたか……」

「左様」

「となると、御家中に手引きをした者がいるやもしれませぬな」

「家中に潜む間者ですか……」

「如何にも……」

「その辺りも今、目付《めつけ》が探っております」

「抜かりはありませぬか……」

「我らはそう思っておりますが、思わぬ処《ところ》に潜んでいるのが抜かりと云《い》うもの……」

神尾は苦笑した。

「仰る通りですな」

「いや。お忙しいところ、お邪魔致しました。では、私はこれにてお暇《いとま》致す」

神尾は、京之介に挨拶をして座を立った。

「神尾どの……」

京之介は、神尾を呼び止めた。

「何か……」

「数珠丸恒次を奪われ、何かと大変でございましょう。拙者で良ければ何なりとお手伝い致しますが……」

「忝い。その時は宜しくお願い致します」

神尾は、穏やかに微笑んだ。

京之介は、大名小路を外濠に架かる幸橋《さいわいばし》御門に向かって行く神尾を見送った。

そして、門番所に羽織を預け、傍らにあった古い塗笠を手にした。

「笠を借りるぞ……」

京之介は、古い塗笠を目深《まぶか》に被りながら神尾兵部を追った。

正福寺の古い本堂には住職の清源の読経《どきょう》が響き、狭い境内では老寺男の宇平が掃除をしていた。

佐助が正福寺を見張り、若い浪人の出て来るのを待って既に一刻（二時間）が過ぎていた。

正福寺の庫裏《くり》から若い浪人が出て来た。

佐助は、緊張を滲ませて見守った。

「御苦労だな、宇平……」

若い浪人は、庭の掃除をしている老寺男の宇平に笑い掛けた。

「お出掛けですか、左馬之介《さまのすけ》さま……」

老寺男の宇平は、掃除の手を止めた。

左馬之介……。

佐助は、若い浪人の名前が左馬之介だと漸《よう》く知った。

「うん。ちょいとな……」

「お気を付けて」

左馬之介は、宇平に見送られて正福寺を後にした。

やっと出て来た……。

佐助は、充分な間を取り、慎重に左馬之介の尾行を始めた。

水戸藩江戸上屋敷は、藩主の斉脩が定府でいるせいか微かな緊張と厳しさを漂わせ、家臣や奉公人たちは忙しく働いていた。

楓は、大屋根の上や天井裏から屋敷内を見張り、忍びの者を手引きした間者と思われる者を捜した。

家臣、家臣の家族、腰元、中間、小者……。

楓は、上屋敷にいる者たちを慎重に見定めていった。だが、間者と思われる者は容易に浮かばなかった。


風が吹き抜け、外濠には幾筋もの小波《さざなみ》が走った。

神尾兵部は、外濠沿いの道を進んで神田三河町《みかわちょう》から八ッ小路《やこうじ》に向かった。

京之介は追った。

八ッ小路は行き交う人で賑わっていた。

神尾は、八ッ小路を神田川に架かっている昌平橋《しょうへい》に進んだ。

塗笠を目深に被った京之介は、神尾を追って八ッ小路を進んだ。

間《ま》を詰める……。

京之介は、歩調を速めた。

擦れ違った浪人たちの一人がよろめいた。

京之介は、構わず神尾を追い掛けようとした。

「待て……」

髭面《ひげづら》の浪人が呼び止め、他の者たちが京之介を取り囲んだ。

京之介は、行く手を阻まれ、神尾の姿を眼で追った。

神尾は、昌平橋を渡って行く。

京之介は焦った。

八ッ小路を行き交う人々は足を止め、京之介と取り囲む髭面の浪人たちを恐ろしげに見守った。

神尾兵部は、既に昌平橋の向こうに消えていた。

京之介は、邪魔をした髭面の浪人たちに怒りを覚えた。

「私に用か……」

「人にぶつかり、詫びもせずに行くとは、我らを貧乏浪人と侮っての所業か……」

髭面の浪人は怒鳴った。

「勝手によろめいて因縁《いんねん》をつけるか……」

京之介は、髭面の浪人を見据えた。

「何い……」

髭面の浪人は、刀の柄を握って身構えた。

「昼日中、天下の往来で馬鹿な真似はするな」

「黙れ。無事にこの場を立ち去りたければ……」

「金など出さぬ」

京之介は、嘲笑で遮った。

「おのれ……」

髭面の浪人は、いきなり京之介に斬り掛かった。

京之介は、髭面の浪人の斬り込みを僅《わず》かに身を引いて躱《かわ》し、刀を握る腕を素早く摑んで投げを打った。

髭面の浪人は宙を舞い、地面に激しく叩き付けられて土埃を舞い上げた。

京之介は、苦しく呻《うめ》く髭面の浪人の脾腹《ひばら》に拳を鋭く打ち込んだ。

髭面の浪人は、顔を歪《ゆが》めて気を失った。

京之介は、他の浪人たちを厳しく見据えた。

他の浪人たちは怯《ひる》んだ。

京之介は、冷笑を浮かべて昌平橋に向かった。

古い饅頭《まんじゆう》笠を被った托鉢《たくはつ》坊主が、恐ろしげに見守っていた人々の中から現われて京之介を追った。

三

昌平橋を渡った京之介は、神田川沿いの道の左右、正面の不忍池に続く明神下の通りに神尾兵部の姿を捜した。だが、神尾兵部の姿は何処にも見えなかった。

いる筈がないのだ……。

京之介は、一縷《いちる》の望みに縋った己を嘲笑った。

神田川沿いの道を西に進めば小石川御門であり、水戸藩江戸上屋敷がある。

神尾は、水戸藩江戸上屋敷に戻ったのかもしれない……。

京之介は、神田川沿いの道を水戸藩江戸上屋敷に向かった。

湯島《ゆしま》聖堂の前に差し掛かった時、京之介は己を背後から見詰める視線を感じた。

視線は続いた。

誰かが尾行て来る……。

京之介は、己を尾行る者がいるのに気が付いた。

何者だ……。

京之介は、それとなく背後を窺った。

武士、職人、お店者《たなもの》、町娘、人足《にんそく》、托鉢坊主、行商人……。

背後からは様々な者がやって来る。

見定める……。

京之介は、湯島聖堂の前を通り過ぎ、定火消《じょうびけし》の大久保《おおくぼ》屋敷の手前を北に曲って本郷《ほんごう》の通りに出た。そして、背後から来る者たちを窺った。

本郷の通りに続いて来る者は、余りいなかった。

よし……。

京之介は、本郷の通りを追分《おいわけ》に向かった。

尾行て来るのは何者で狙いは何か……。

京之介は見定めようとした。


四ッ谷忍町の左門横町《さもんよこちょう》を南に進むと六道辻《ろくどうのつじ》に出る。そして、六道辻から公儀鉄砲隊の百人町《ひゃくにんまち》に進むとやがて宮益町《みやますちょう》になる。

四ッ谷忍町の正福寺を出た左馬之介は、百人町を宮益町に向かって進んだ。

佐助は、慎重に追った。

左馬之介は、落ち着いた迷いのない足取りで進んだ。

迷いのない足取りは、行き先の決まっている証なのだ。

佐助は読み、左馬之介を尾行た。

左馬之介は、百人町を抜けて伊予《いよ》国西条《さいじょう》藩江戸上屋敷と但馬《たじま》国出石《いずし》藩江戸下屋敷の間の道に入った。

大名屋敷の間の道に人通りは少なかった。

佐助は、充分過ぎる程の距離を取って左馬之介を追った。

左馬之介は、大名屋敷の間の道を抜けて金王八幡宮《こんのうはちまんぐう》の鳥居を潜った。

佐助は走った。


金王八幡宮は、八重と一重が一枝に咲く金王桜で名高かった。

佐助は、鳥居を潜って境内を見廻した。

境内には参拝客が僅かにいるだけで、左馬之介の姿は見えなかった。

いない……。

佐助は、境内に入って拝殿や茶店に左馬之介を捜した。だが、左馬之介の姿は何処にも見えなかった。

見失った……。

佐助は、吐息を洩らした。


本郷の通りには大勢の人が行き交っていた。

京之介は、本郷の通りを進み、加賀《かが》国金沢《かなざわ》藩江戸上屋敷の手前を東に曲った。そして、三代将軍家光《いえみつ》公の乳母として名高い春日局《かすがのつぼね》の菩提寺である麟祥院《りんしょういん》の手前を北に折れ、越後《えちご》国高田《たかだ》藩江戸中屋敷の裏から横手を進んだ。

行く手に不忍池の煌めきが見えた。

京之介は、茅町《かやちょう》二丁目を抜けて不忍池の畔に出た。

尾行て来るのは誰なのか……。

京之介は、木陰に素早く隠れた。

僅かな刻が過ぎ、茅町二丁目から古い饅頭笠を被った托鉢坊主が現われた。

尾行者……。

京之介は、托鉢坊主が尾行者だと見定めた。

托鉢坊主は、京之介の姿が消えているのに狼狽え、辺りを捜した。だが、京之介を見付けられなかった。

托鉢坊主は、腹立たしげに小石を蹴飛ばして不忍池の畔を北に向かった。

素性を突き止める……。

京之介は追った。
托鉢坊主は、不忍池の畔を北に進んで寺町前の道に入った。
此の道は……。
京之介は、微かな戸惑いを覚えた。
托鉢坊主は、寺町前の道を足早に進み、突き当たりにある大名屋敷の裏門を叩いた。
裏門脇の小窓が開き、中間が覗いた。
托鉢坊主は、饅頭笠をあげて己の顔を中間に見せた。
中間は、裏門を開けた。
托鉢坊主は、素早く裏門に入った。
中間は、辺りを一瞥《いちべつ》して裏門を閉めた。
京之介は見届けた。
托鉢坊主の入った大名屋敷は、水戸藩江戸中屋敷だった。
托鉢坊主は、水戸藩に通じているのだ。

京之介は知った。

まさか……。

神尾兵部を追い、髭面の浪人たちに邪魔をされ、托鉢坊主に尾行られた。

その何もかもは、京之介の動きを見極める為に仕組まれたものなのだ。

京之介は気付いた。

仕組んだのは神尾兵部……。

神尾兵部は、数珠丸恒次を奪った忍びの者と京之介に拘わりがあると睨んだ。そして、京之介を訪れて誘い出した。

その裏には、汐崎藩の水戸藩に対する遺恨がある。

水戸藩への遺恨を秘め、数珠丸恒次があると知る者は誰なのか……。

神尾の読みの行き着く先には、汐崎藩納戸方御刀番の左京之介がいた。

京之介を見張り、江戸上屋敷に侵入して数珠丸恒次を奪った忍びの者を突き止める。

京之介は、神尾兵部の狙いを読んだ。

もしそうだとすれば、見張りは尾行て来た托鉢坊主だけとは限らない。

長居は無用……。

京之介は、水戸藩江戸中屋敷の裏門前から離れた。

水戸藩江戸上屋敷に変わりはなかった。

屋敷内で働く家臣、中間、小者などに忍びの者と思われる者はいない。

楓は、御刀蔵の天井裏を見渡し、埃や塵《ちり》の具合を窺った。

天井裏には僅かな隙間から斜光が差し込み、溜っている埃の中の足跡を浮かび上がらせていた。

足跡は、天井裏の太い梁《はり》に点々と続いていた。

幾つかの足跡は、御刀蔵の天井裏にあった。

数珠丸恒次を奪った忍びの者や探索に入った家臣の足跡なのかもしれない。

楓は、幾つかの足跡の行方を探った。

足跡の一つは、奥御殿の天井裏に続いていた。

奥御殿……。

楓は、奥御殿にいる者たちを思い浮かべた。

奥御殿には当主の斉脩と正室や側室、子や一族の者が暮らしており、近習《きんじゅ》や腰元が働いている。

楓は、足跡を追って奥御殿の天井裏に進んだ。

足跡は、奥御殿の一隅に続いており、天井板が動かされた痕があった。

此処から天井裏にあがった……。

楓は睨み、動かされた痕のある天井板を僅かにずらして下の部屋を覗いた。

下の部屋は納戸《なんど》だった。

楓は納戸に下りた。

納戸は薄暗く、箪笥や行燈などの家具が置かれていた。

廊下に人がやって来る気配がした。

楓は、素早く家具の後ろに忍んで気配を消した。

納戸の板戸が開けられ、若い女中が覗き込んだ。

若い女中は、薄暗い納戸を鋭い眼差しで見廻し、板戸を閉めて立ち去って行った。

見覚えのある顔……。

楓は、若い女中の顔に見覚えがあった。

何処かで一緒に雇われて働いたくノ一だ。

楓は思い出した。

蛍《ほたる》……。

楓は、若い女中の名前を思い出した。

根来《ねごろ》忍びのくノ一の蛍……。

楓は、水戸藩江戸上屋敷に根来忍びのくノ一の蛍が女中として潜入しているのを知った。

根来忍び……。

楓は、水戸藩江戸上屋敷に侵入し、数珠丸恒次を奪った忍びの者が根来忍びだと見定めた。

根来忍びは、新義真言宗《しんぎしんごんしゅう》総本山紀州根来寺の僧兵を中心とした戦闘集団から生まれた忍びの者だが、天正《てんしょう》年間に織田信長《おだのぶなが》や豊臣秀吉《とよとみひでよし》の焼き討ちに遭って四散した。だが、根来忍びは滅んではいなく、紀州の山に潜み続けていた。

楓は天井裏に戻った。

汐崎藩江戸上屋敷は、夜の静けさに沈んでいた。

燭台に灯された火は、侍長屋の殺風景な家の中を仄《ほの》かに照らしていた。

「して、その左馬之介、金王八幡宮で見失ったか……」

京之介は問い質《ただ》した。

「はい。辺りを捜したのですが、何処にも……」

佐助は、悔しさを滲ませた。

「金王八幡宮か……」

京之介は、微かな厳しさを滲ませた。

「金王八幡宮が何か……」

佐助は、京之介の反応に戸惑った。

「いや。中屋敷に近いと思ってな……」

汐崎藩江戸中屋敷は、金王八幡宮近くの広尾にあり、毒を盛られた前の藩主の宗憲が養生《ようじょう》していた。

「そういえば、眼と鼻の先ですね」

佐助は、困惑を過ぎらせた。

「うむ……」

京之介は、神尾兵部と接触した若い浪人の左馬之介が、汐崎藩江戸中屋敷近くに行ったのが何故か気になった。

「左馬之介、まさか中屋敷に拘わりがあるのでは……」

佐助は、緊張を滲ませた。

「うむ。明日にでも中屋敷に行ってみる」

京之介は告げた。

「はい。それで京之介さま、水戸藩の者共は数珠丸恒次を盗んだ忍びに京之介さまが絡んでいると……」

佐助は眉をひそめた。

「うむ。俺を誘き出し、その動きを見定めようとした」

「水戸藩も秘かに動いていますか……」

「江戸上屋敷に忍び込まれた挙げ句、御刀蔵を破られて数珠丸恒次を奪われたは、武門《ぶもん》の恥辱、御三家の名折れ。公儀や世間に知られず、秘かに事を始末しようとしているのだ」

京之介は読んだ。

「それにしても、京之介さまを疑うとは……」

佐助は呆れた。

「水戸藩の者共は、水戸藩に対して遺恨を抱き、数珠丸恒次があると知る者は俺だけと思っている」

京之介は苦笑した。

燭台の火が僅かに揺れた。

京之介は、天井を見上げた。

忍び姿の楓が、天井から音もなく飛び降りて来た。

「楓……」

京之介は迎えた。

「うん……」

楓は、京之介と佐助に頷いてみせた。

「数珠丸恒次を奪った忍びの手掛かり、何かあったか……」

「根来忍びだ」

楓は告げた。

「根来忍び……」

京之介は眉をひそめた。

「うむ。水戸藩江戸上屋敷の奥女中に根来忍びのくノ一がいた」

「くノ一……」

「蛍という名だ」

「根来忍びのくノ一、蛍か……」

京之介は念を押した。

「左様」

楓は頷いた。

「じゃあ、数珠丸恒次を奪った忍びの者たちは、根来忍び……」

佐助は訊いた。

「相違あるまい……」

「それにしても根来忍び、水戸藩にどんな恨みがあって……」

「佐助、おそらく根来忍びは、何者かに雇われて水戸藩江戸上屋敷を襲ったのだろう」

「うむ。根来忍びの背後には、水戸藩に遺恨を持つ者が潜んでいる筈」

「明日から蛍と拘わる者を探り、辿ってみる」

楓は、楽しげな笑みを浮かべた。

「頼む……」

「それからこの屋敷、見張られている」

楓は眉をひそめた。

「京之介さま……」

佐助は緊張した。

「うむ。実はな、楓……」

京之介は、事の次第を楓に伝えた。

愛宕下大名小路に夜風が吹き抜けた。

汐崎藩江戸上屋敷の横手の塀《へい》から女が路地に飛び降りた。

女は、女中姿に形《なり》を変えた楓だった。

楓は、横手の路地の出口に進み、大名小路を窺った。

斜向《はす》かいの大名屋敷の路地に二人の武士が潜み、汐崎藩江戸上屋敷を見張っていた。

楓は嘲りを浮かべ、大名小路を進んで辻番所《つじばんしょ》に駆け込んだ。

辻番は、武家地の自身番《じしんばん》と云えるものであり、大名旗本が自警の為に設けた番所だ。

「どうされた……」

辻番の番士たちが戸惑った。

「田村《たむら》さまの御屋敷の横に怪しいお侍が二人、ずっと潜んでいます」

楓は、恐ろしそうに声を震わせて番士たちに告げた。

「何……」

「田村さまの御屋敷だな」

「はい……」

楓は頷いた。

辻番の番士たちは、龕燈《がんどう》と六尺棒を抱えて大名小路を田村屋敷に走った。

楓は、嘲りを浮かべて暗がり伝《づた》いに追った。

辻番の番士たちは、大名屋敷の路地に潜んでいた二人の武士に駆け寄った。

二人の武士は狼狽えた。

「何をしている。辻番所に同道して貰う」

辻番の番士たちは、二人の武士を取り囲んで番所に引き立てようとした。

「ま、待て。我らは水戸藩家中の者、決して怪しい者ではない」

二人の武士は狼狽えた。

「黙れ。夜更けに路地に潜んで怪しくない者などはいない。辻番所に来い」

辻番の番士たちは、抗《あらが》う二人の武士を辻番所に引き立てた。

楓は、汐崎藩江戸上屋敷に走り、潜り戸を小さく叩いた。

潜り戸が開き、京之介が出て来た。

「奴ら、辻番所に引き立てられましたよ」

楓は笑った。

「そうか。ではな……」

「ええ……」

楓は頷いた。

京之介は、大名小路を三縁山増上寺《さんえんざんぞうじょうじ》に向かって走った。

楓は、京之介の後を追う者がいないのを見定め、身を翻《ひるがえ》して闇に消えた。


渋谷川は陽差しに輝き、緑の田畑の中を流れていた。

京之介は、田畑の向こうにある汐崎藩江戸中屋敷を眺めた。

江戸中屋敷では、一年前に毒を盛られて病人になった前の藩主宗憲が養生をしていた。

宗憲は、家臣の汐崎藩江戸留守居《るすい》役村山仁兵衛《むらやまにへえ》に毒を盛られた。その村山仁兵衛を操ったのは、水戸藩目付頭望月蔵人だった。

京之介は、村山仁兵衛と望月蔵人を斬り棄てた。だが、汐崎藩堀田家は、水戸家出身の正室の子の千代丸が家督を継ぎ、水戸藩の後見という支配を受ける事となったのだ。

そうした密謀の絵図を描いたのが、水戸藩江戸家老本田修理だった。

此の世で水戸藩を最も恨んでいるのは、毒を盛られて病人となった堀田宗憲なのかもしれない。

京之介にとり、宗憲は決して良い主君ではなかった。

だが、今となっては……。

京之介は、汐崎藩江戸中屋敷の周囲を調べた。だが、周囲に若い浪人左馬之介の姿はなかった。

汐崎藩江戸中屋敷は薄暗く、陰鬱《いんうつ》な気配が漂っていた。

大名家の中屋敷は、下屋敷同様に別荘的な役割をしており、僅かな人数の家臣が留守居をしていた。

京之介は、中屋敷留守居頭の奥村惣一郎《おくむらそういちろう》に逢った。

「宗憲さまの御容体《ごようだい》、如何かな……」

「相変わらずですが、近頃は何やら血色も良くなりました」

「それは重畳《ちょうじょう》。だが、只でさえ手数の掛かる宗憲さま。大人しく養生されているとも思えず、何かと大変ですな」

京之介は、奥村に同情した。

「それなのですが、左どの。宗憲さま、身の廻りのお世話をしている近習の桂木《かつらぎ》直弥《なおや》が甚《いた》くお気に入られた様子でしてな。御機嫌は宜しいのですよ」

奥村は笑った。

「ほう。近習の桂木直弥ですか……」

京之介は戸惑った。

「左様。半年前に国許から出府し、中屋敷詰になった者ですが、宗憲さまがお気に入られて、近習に取立てたのです」

「左様か……」

「して左どの。宗憲さまには……」

「御機嫌を御伺い致す」

京之介は、奥村の用部屋を出て宗憲が養生している離れ御殿に向かった。

四

京之介は、薄暗い廊下の奥に進んだ。

宗憲は、廊下の奥に続く離れ御殿で養生していた。

離れ御殿の入口には、若い武士が俯《うつむ》いて控えていた。

「おぬし、桂木直弥か……」

京之介は、若い武士を見詰めた。

「左様にございます」

若い武士は顔をあげた。その顔色は白く唇は赤かった。

まるで女のようだ……。

京之介は戸惑った。

宗憲は蒲団の上に半身を起こし、開け放たれた障子の向こうの庭に顔を向けていた。

「宗憲さま、御機嫌麗しく恐悦至極《きょうえつしごく》にございます。御刀番、左京之介にございます」

京之介は挨拶をし、顔をあげて宗憲を見た。

宗憲は、焦点の定まらない眼を庭に向けているだけだった。

穏やかだ……。

京之介は、宗憲の顔に険しさはなく穏やかさだけが浮かんでいるのを知った。

何が宗憲を穏やかにしたのか……。

京之介は、微かな戸惑いを覚えた。

近習の桂木直弥の所為《せい》なのか……。

京之介は、桂木直弥を一瞥《いちべつ》した。

桂木直弥は、宗憲の背後に慎ましい面持ちで控えていた。

宗憲は不意に声を上げ、蒲団に横たわった。

「お休みにございますか……」

桂木直弥は、素早く宗憲に近寄って掛蒲団を掛けた。

宗憲は、京之介を一瞥して眼を瞑《つむ》った。

京之介は困惑した。

まさか……。

京之介は、宗憲の一瞥に微かな嘲りを見たのだ。

「左さま……」

桂木直弥は、京之介に退室する時だと目顔《めがお》で告げた。

「うむ。ならば宗憲さま、これにて……」

京之介は、宗憲に平伏して離れ御殿を出た。


桂木直弥は、離れ御殿の入口に京之介を見送った。

「桂木、宗憲さまを頼むぞ」

「心得ましてございます」

桂木直弥は、優しげな面持ちで頷いた。

「うむ……」

京之介は踵《きびす》を返した。

桂木直弥は見送った。

京之介は、背中に桂木直弥の視線を感じながら離れ御殿を後にした。

「如何でしたかな……」

奥村惣一郎は、京之介に宗憲御機嫌伺いの首尾《しゅび》を尋ねた。

「穏やかなものだった」

「それは何より。驚かれたでしょう」

奥村は笑った。

「うむ……」

京之介は、宗憲の謎の一瞥を思い出しながら頷いた。

「そして、驚かれたのはもう一つ……」

「桂木直弥か……」

「左様。まるで女子のような顔。拙者も初めて逢った時には驚きました」

「うむ。ところで奥村どの、近頃、屋敷に変わった事はありませんな」

「ござらぬが、何か……」

奥村は戸惑った。

「いや。ならば、屋敷の周囲に背の高い総髪の若い浪人が現われるような事は……」

「背の高い総髪の若い浪人ですか……」

「左様」

「そのような者、見た事も聞いた事もありませんが……」

奥村は、困惑を浮かべた。

「そうか……」

左馬之介が金王八幡宮を訪れた事と中屋敷を結び付けるのは、考え過ぎなのかもしれない。

「左どの、その若い浪人が何か……」

「ひょっとしたら、汐崎藩に仇なす者やもしれぬ」

「我が藩に仇なす者……」

奥村は驚いた。

「左様。くれぐれも油断なきよう……」

京之介は、奥村を厳しい面持ちで見据えた。

「心得申した。もし、現われたなら直ぐに左どのにお報せ致そう」

奥村は、緊張を露わにした。

「うむ……」

中屋敷は、警戒をし過ぎるぐらいが丁度良い……。

京之介は万一に備えた。


佐助は、汐崎藩江戸上屋敷の小者たちと一緒に仕事をしながら表を窺った。

大名小路の向こうの大名屋敷の路地には、二人の武士が潜んでいた。

水戸藩の見張りだ。

昨夜、辻番に咎《とが》められた二人の武士は、自分たちが水戸藩家中の者だと明かし、事なきを得た。そして、引き続き汐崎藩江戸上屋敷を見張り続けた。

水戸藩の二人の武士が見張りを続けているのは、辻番に引き立てられた間に京之介が汐崎藩江戸上屋敷を出たのに気付いていない証でもあった。

佐助は嘲笑《あざわら》った。

水戸藩江戸上屋敷は警戒も厳しく、家臣たちは規律のある暮らしをしていた。

楓は、根来忍びのくノ一の蛍を見張った。

蛍は、奥御殿の女中として様々な仕事をし、訪れる行商人の相手などもしていた。

行商人……。

屋敷の外から訪れる者には、様々な行商人がいる。特に女中たちを相手にしている行商人は、菓子屋、小間物屋《こまもの》、貸本屋などだ。

行商人が、蛍と根来忍びの繋《つな》ぎの役目をしているのかもしれない。

楓は、蛍が相手にする行商人を見守った。

女中たちは、菓子屋から饅頭や羊羹《ようかん》、小間物屋から紅《べに》、白粉《おしろい》や簪《かんざし》を買い、貸本屋からは絵草紙《えぞうし》や読本《よみほん》を借りて楽しんでいた。

蛍は、菓子屋から羊羹を買い、貸本屋に借りていた絵草紙を返し、新たな本を借りた。

楓は見守った。

蛍は、菓子屋や小間物屋とはお喋りをしたが、貸本屋とは必要以外の言葉は交わさなかった。

貸本屋……。

蛍と根来忍びの繋ぎ役は、貸本屋なのかもしれない。

楓は睨んだ。

商《あきな》いを終えた貸本屋は、貸本を包んだ大荷物を背負って水戸藩江戸上屋敷の裏門を出た。

裏門は屋敷の東北にあり、向かい側には上《かみ》、中《なか》、下《しも》の富坂町《とみざかまち》の町家が並んでいた。

貸本屋は、大荷物を背負いながら辺りを窺い、小石川大下水《おおげすい》に架かる丸太橋を渡った。そして、屋敷の東側の道を通って神田川に向かった。

楓は、水戸藩上屋敷の塀の内側を走り、神田川に先廻りした。

貸本屋は、尾行者への警戒を解いて神田川沿いの道を東に向かった。

先廻りをした楓は、水道橋《すいどうばし》の袂から現われて貸本屋の尾行を始めた。

貸本屋は、他の客の処に寄る気配を見せず、大荷物を揺らして神田川沿いを昌平橋に向かって進んだ。

貸本屋も根来忍び……。

楓は、慎重に尾行した。

貸本屋は、昌平橋と筋違《すじかい》御門の北詰を抜けて尚も進んだ。そして、和泉《いずみ》橋の袂、佐久間町《さくまちよう》二丁目にある船宿の裏口に続く路地に入った。

楓は見届けた。

船宿の屋号は『青柳《あおやぎ》』、和泉橋の袂に船着場があった。

楓は、揺れる暖簾越しに船宿『青柳』の店を窺った。

店には、店の者も客もいなかった。

楓は、続いて貸本屋の入った裏口に続く路地を窺った。

路地は、船宿『青柳』の板壁に接しており、障子の閉められた格子窓があった。

楓は、裏口に廻ろうと路地に踏み込んだ。

格子窓の障子に人影が微かに映えた。

楓は、路地に踏み込むのを思い止まり、和泉橋の袂に戻った。

格子窓は路地を抜ける者を見張る窓……。

楓は気付いた。

船宿『青柳』は、根来忍びの隠れ宿なのかもしれない。下手な探りを入れれば、命取りになる。

楓は、探りを入れるのを止め、暫く見張ってみる事にした。

貸本屋が出て来なかったり、形を変えて現われれば、根来忍びの隠れ宿と見定められる。

楓は、船宿『青柳』を見張った。

荷船の船頭の歌声が、神田川に長閑《のどか》に響いていた。

汐崎藩江戸中屋敷を出た京之介は、厳しい面持ちで屋敷の周囲を窺った。

屋敷の周囲に不審なものは感じなかった。

若い浪人の左馬之介が、金王八幡宮に来たのは佐助が見届けている。

それは、尾行る佐助を撒くつもりではなく、金王八幡宮に用があっての事なのかもしれない。もし、そうだとしたなら金王八幡宮に何かがあるのだ。

行ってみるしかない……。

京之介は塗笠を目深に被り直し、渋谷川沿いの田舎道を金王八幡宮に向かった。

渋谷川の流れは煌めいた。


金王八幡宮は参詣客も少なく、静けさに覆われていた。

京之介は、本殿に手を合わせて境内の隅にある茶店に入った。そして、縁台《えんだい》に腰掛けて茶店の老亭主に茶を頼んだ。

境内には、僅かな参詣客が行き交うだけで変わった様子はなかった。

「おまちどうさまにございます」

茶店の老亭主が、京之介に茶を持って来た。

「うむ……」

京之介は、茶を飲んだ。

「亭主。近頃、この八幡宮で変わった事はなかったか……」

京之介は尋ねた。

「変わった事ですか……」

老亭主は、戸惑いを浮かべた。

「うむ……」

「別に何もございませんでしたが……」

老亭主は、そう云って自分の言葉に頷いた。

「ならば、背の高い総髪の若い浪人は見掛けぬか……」

「総髪の若い御浪人さんですか……」

「うむ。遠縁の者でな。勝手に家を出たので捜しているのだが、此処《ここ》で見掛けたと報せがあってな」

京之介は言い繕った。

「さあ、そのような御浪人さんもいたかと思いますが、詳しくは……」

老亭主は、眉をひそめて白髪頭を傾けた。

「そうか……」

変わった事もなければ、左馬之介が印象に残る動きをしている訳でもない。

左馬之介は、参拝する為だけに金王八幡宮に立ち寄ったのかもしれない。

京之介は、茶店を出て境内を詳しく見廻った。

見た限り不審な処はない……。

金王八幡宮のいつもがどのようなものかは知らぬが、京之介が知っている八幡神社との違いは見られなかった。

これ迄だ……。

京之介は、金王八幡宮を出て渋谷川に戻った。

渋谷川沿いを南東に下り、汐崎藩江戸中屋敷のある広尾を抜けると白金《しろかね》の町になる。そして、渋谷川は古川《ふるかわ》と呼ばれるようになる。

京之介は、広尾の町を横切って田畑の間の田舎道を白金に向かった。

広い田畑では百姓たちが野良仕事をしており、雀の囀《さえず》りが長閑に響いていた。

京之介は田舎道を進んだ。

雀の群れが、不意に羽音を鳴らして田畑から飛び立った。

京之介は、咄嗟《とっさ》に振り返った。

百姓姿の二人の男が刀を翳《かざ》し、田舎道の左右の田畑から京之介に飛び掛かった。

京之介は、霞《かすみ》左文字を抜き打ちに放った。

百姓姿の男の一人が斬られ、振り翳した刀を煌めかせながら倒れた。

残る百姓姿の男は、怯みもせずに京之介に斬り掛かった。

京之介は、霞左文字を鋭く閃かせた。

残る百姓姿の男の刀が弾き飛ばされ、煌めきながら田畑に消えた。

百姓姿の男は、身を翻そうとした。

京之介は、素早く霞左文字を突き付けた。

百姓姿の男は仰《の》け反《ぞ》った。

「何故、私を襲う」

京之介は、厳しく問い質した。

百姓姿の男は、背後に跳び退《の》いて手裏剣を投げようとした。

刹那《せつな》、京之介は大きく踏み込み、横薙《な》ぎの一刀を閃かせた。

百姓姿の男は、手裏剣を握る腕を斬られて蹲《うずくま》った。

「誰に命じられて私を狙う……」

京之介は、百姓姿の男の首筋に霞左文字を突き付けた。

百姓姿の男の首筋から血が流れた。

「そ、それは……」

百姓姿の男は、嗄《しやが》れ声を恐怖に引き攣《つ》らせた。

次の瞬間、空《くう》を切る音が背後に迫った。

京之介は、咄嗟に身を伏せた。

棒手裏剣が空を切る音を鳴らして京之介の頭上を飛び抜け、百姓姿の男の胸に深々と突き刺さった。

百姓姿の男は、苦しげに呻いて仰向けに倒れた。

京之介は振り返った。

深編笠を被った武士が、田舎道の先に佇んでいた。

何者だ……。

京之介は、深編笠を被った武士の許に向かおうとした。

深編笠を被った武士は、身を翻して足早に立ち去った。

既に追い切れない……。

京之介は、霞左文字に拭いを掛けて鞘に納め、倒れている百姓姿の男に近寄った。

百姓姿の男は、棒手裏剣を心の臓に受けて息絶えていた。

口を封じられた……。

京之介は、死んだ百姓姿の男の胸から棒手裏剣を引き抜いた。

血に塗《まみ》れた棒手裏剣は、穂先が槍型で六角形をしていた。

根来忍びの使う棒手裏剣なのか……。

京之介は、棒手裏剣を手拭《てぬぐい》に包んで懐《ふところ》に入れた。

二人の百姓姿の男は、深編笠を被った武士に命じられて京之介を襲った。

その深編笠を被った武士は、おそらく京之介の動きを見張って襲うのを決めたのだ。だとしたら、京之介の動きは見張られていた事になる。

何処から見張られていたのか……。

今朝、京之介は三田中寺丁《みたなかでらちょう》の聖林寺《しょうりんじ》から広尾の汐崎藩江戸中屋敷に来て、金王八幡宮を訪れた。

汐崎藩江戸中屋敷と金王八幡宮……。

深編笠を被った武士は、そのどちらかにいて京之介を見張り始めたのだ。

京之介は、気付かなかった己の未熟さを恥じた。

陽は西に大きく傾き、雀の囀りが長閑に響き始めた。

船宿『青柳』に客は少なく、店は日暮れ前に暖簾を仕舞った。

楓は、見張り続けた。

貸本屋が出て来る事はなかった。

やはり、貸本屋は根来忍びの者であり、船宿『青柳』は根来忍びの隠れ宿なのだ。

楓は見定め、船宿『青柳』の様子を近所にそれとなく訊き歩いた。

船宿『青柳』は、亭主の八蔵《はちぞう》と女将のおとみ夫婦の他に番頭と二人の船頭がいた。

そして、船遊びの客は少なく、行商人などの泊まり客がいた。貸本屋もそうした泊まり客の一人だ。

八蔵おとみ夫婦と番頭や二人の船頭、貸本屋などの客は根来忍びの者であり、水戸藩江戸上屋敷の御刀蔵を破って数珠丸恒次を奪い取ったのだ。

楓は見定め、船宿『青柳』の見張りを解こうとした。だが、楓は船宿『青柳』を見張る者が自分の他にもいるのに気付いた。

見張っている者は、和泉橋の下の船着場に繋がれた屋根船に潜んでいた。

何者だ……。

楓は、屋根船に潜んで船宿『青柳』を見張る者を見定めようとした。

屋根船の船頭は、舳先に腰掛けて客を待つ面持ちで煙管《キセル》を燻《くゆ》らせていた。
船宿『青柳』を見張る者は、水戸藩の者なのかもしれない。
もし、そうだとしたら何故、船宿『青柳』が根来忍びの隠れ宿だと知ったのだ……。
楓は、想いを巡らせた。
蛍の正体が割れている……。
楓は気付いた。
水戸藩の者は、蛍が根来忍びのくノ一だと知りながら泳がせているのだ。
楓は睨み、屋根船に潜む者の正体を見定めようとした。

夜が更け、東叡山寛永寺の子《ね》の刻九つ（零時）を告げる鐘の音が響き渡った。
屋根船の障子の内から、背の高い総髪の浪人が現われた。
四ッ谷忍町の正福寺にいる左馬之介……。
楓は、背の高い総髪の浪人が左馬之介だと睨んだ。
左馬之介は、水戸藩御刀番の神尾兵部と繋がっている。

楓は、船宿『青柳』を見張る者を水戸藩に拘わる者だと見定めた。

左馬之介は、屋根船を降りて船宿『青柳』の前に佇んだ。

夜の闇から忍びの者たちが現われ、左馬之介の周囲に集まった。

何処の忍びだ……。

楓は戸惑った。

次の瞬間、左馬之介は忍びの者たちに合図をした。

忍びの者たちは、船宿『青柳』に殺到した。

左馬之介は、忍びの者たちに続いた。

忍びの者たちは、船宿『青柳』の潜り戸を抉《こ》じ開けた。

左馬之介と忍びの者たちは、船宿『青柳』に次々に忍び込んだ。

楓は、船宿『青柳』の屋根の上に跳び、中の様子を窺った。

船宿『青柳』から殺気と血の臭いが沸き立った。

忍びの者同士の闘いは、白刃を煌めかせて斬り結ぶ事もなく、無言のまま手裏剣を投げ合い、組打ちながら相手を斬り裂いた。

船宿『青柳』の番頭や客は、殺到した忍びの者に次々と斃《たお》された。

左馬之介は、貸本屋や船頭を斬り棄て、苦無《くない》で突き掛かって来た女将のおとみを殴り倒して捕えた。

「離せ……」

おとみは抗った。

左馬之介は、おとみの髪を鷲摑みにして引き摺り、八蔵に迫った。

「根来忍びの八蔵、数珠丸恒次は何処にある」

「知らぬ……」

八蔵は嘲笑った。

「云わねば女を斬る……」

左馬之介は、引き摺って来たおとみに刀を突き付けた。

「斬りたければ斬れ」

八蔵は云い放った。

刹那、左馬之介は躊躇《ためら》いもなくおとみの喉を斬り裂いた。

おとみは悲鳴を上げる間もなく、喉から血を撒き散らして倒れた。

八蔵は、思わず怯んだ。

左馬之介は、それを見逃さずに八蔵に鋭い一刀を浴びせた。

八蔵は、忍び刀を握る腕を斬り飛ばされた。

斬られた腕は刀を握ったまま天井に飛び、血を振り撒いて床に落ちた。

八蔵は、舌を噛んで自決しようとした。

忍びの者たちが八蔵を押え、素早く細竹の猿轡《さるぐつわ》を噛ませて自決を止めた。

「八蔵、数珠丸恒次、既に根来忍びの総帥白虎《びゃっこ》の許にあるとみえるな」

左馬之介は、八蔵を見据えた。

八蔵は、両断された腕から血を滴《したた》らせて左馬之介を睨み返した。

「白虎が誰に雇われているか、教えれば命は助けよう」

左馬之介は云い聞かせた。

八蔵は、頬を引き攣《つ》らせて嘲笑した。

「ならば、これ迄だな……」

左馬之介は、冷笑を浮かべて刀を一閃した。

八蔵の首は、音もなく斬り落とされて転がった。

左馬之介たちは、船宿『青柳』の根来忍びの者を皆殺しにして引き上げた。

楓は、船宿『青柳』の天井裏に気配を消して忍び、左馬之介たちの非情な殺戮《さつりく》を見届けた。そして、楓が最も戸惑ったのは、左馬之介が裏柳生の流れを汲む忍びだった事だ。

裏柳生の左馬之介……。

楓は、思わず身震いした。

裏柳生の抜け忍の楓にとり、左馬之介は恐れるべき相手なのだ。

忍びの者の抜け忍は、裏切者として容赦なく抹殺される。

いずれにしろ、事の次第を京之介に報せなければならない。

楓は、船宿『青柳』の天井裏から消えた。

名刀数珠丸恒次は、船宿『青柳』の根来忍びによって奪われ、既に総帥の白虎の許にある。そして、水戸藩は裏柳生の流れを汲む左馬之介たちに数珠丸恒次奪還を命じていた。

「根来忍びの総帥白虎……」

京之介は、数珠丸恒次が白虎の手から既に雇い主に渡っていると読んだ。

雇い主こそが、水戸藩に仇なす者なのだ。

「そして、裏柳生の流れを汲む左馬之介……」

京之介は、事態が激しく動いているのを知った。

第二章　根来忍び

一

三田中寺丁に連なる寺々は、甍《いらか》を月明かりに蒼白く輝かせて寝静まっていた。

聖林寺の家作《かさく》には明かりが灯され、京之介と楓がいた。

「根来忍びと裏柳生か……」

「どちらの一族も細々と生きながらえ、何とか忍びの命脈を繫ごうと必死なのだろう」

楓は、忍びの者として微かな淋しさを過ぎらせた。

「それにしても楓、左馬之介が裏柳生ならばこの一件から手を引くか……」

京之介は、裏柳生の抜け忍である楓の身の心配をした。

「気遣いは無用だ」

楓は笑った。

「ならば良いが。して楓、根来忍びの総帥の白虎とはどのような者だ」

「それが、私も名前しか知らぬ」

「噂は……」

「逢った者も少なく、得体の知れぬ者としか聞いてはおらぬ」

根来忍びの総帥、白虎は得体の知れぬ男とされており、その正体を知る者は僅かな配下だけだった。

「そうか……」

京之介は眉をひそめた。

「何かあったのか……」

楓は、京之介の顔色を敏感に読んだ。

「うむ。今日、広尾で得体の知れぬ忍びに襲われてな。捕えて素性を吐かせようとしたのだが、頭らしき者がこれで口を封じた」

京之介は、穂先が槍型で六角形の棒手裏剣を見せた。

楓は、棒手裏剣を手に取って見た。

「何処の忍びか分かるか……」

「良くある棒手裏剣だが、おそらく根来忍びだろう」

「その証は……」

「ない。だが、裏柳生は使わぬ。となれば根来しかあるまい」

楓は読んだ。

「成《な》る程《ほど》……」

京之介は頷いた。

「白虎かもしれぬな」

楓は、京之介を見詰めた。

「うむ。ところで楓、蛍は既にくノ一だと見破られているな」

京之介は睨んだ。

「おそらく泳がされているのだろう」

「そして、役目が終われば始末される」

「うむ……」

楓は眉をひそめた。

「楓。ひょっとしたら、蛍は今夜の事に気付いて先手を打つかもしれぬ」

「水戸藩江戸上屋敷から消えるか……」

「ああ。おそらく左馬之介もそう睨み、蛍の動きから白虎を辿る。違うかな……」

京之介は、楓を窺った。

「分かった。水戸藩の上屋敷に戻って蛍を見張る」

楓は頷いた。

「楓。相手は裏柳生の左馬之介。無理は禁物。危ないと思ったら早々に退け……」

「私は逃げるのを恥じない忍び、云われる迄もない……」

楓は、小さな笑みを残して消えた。

燭台に灯された火が僅かに揺れた。

「根来忍びの白虎……」

京之介は、霞左文字を抜き払った。

燭台の火を受けた霞左文字は、長さ二尺三寸、身幅《みはば》は一寸半のやや広め、僅かな反《そ》りで刃文《はもん》は直刃《すぐは》調に小乱れ、沸《にえ》は美しく冴《さ》え渡っていた。

京之介は、霞左文字に魅入られていく己に微かな快感を覚えた。


聖林寺の本堂からは、朝のお勤めをする住職の浄雲《じょううん》の経が朗々と響いていた。

京之介は、本堂の戸口に座って浄雲の経に眼を瞑った。

住職の浄雲は、京之介と同じ刀工左《ひだり》一族の流れを汲む者であり、祖先の打った刀で死んだ者の菩提を弔う為に僧侶になっていた。

京之介は、一族の浄雲が住職を勤めている聖林寺の家作《かさく》に秘かに移り、水戸藩の者の監視から逃れた。

浄雲の読む朗々とした経は本堂に満ち、京之介に落ち着きを与えてくれた。

やがて、浄雲の読経は終わった。

「如何致した……」

浄雲は、京之介に声を掛けた。

「浄雲さま、数珠丸恒次を御存知ですか」

京之介は尋ねた。

「日蓮上人の遺品とされていたが、数年前になくなったと聞いているが……」

「その後の行方に関しては……」

「知らぬ」

「噂も……」

「聞かぬが、数珠丸恒次がどうかしたのか」

「水戸藩江戸上屋敷にありました」

「ほう、水戸家に……」

浄雲は眉をひそめた。

「もし、数珠丸恒次がなくなったのに水戸家が拘わっていたとなると……」

「面白い事になるな」

浄雲は、京之介を窺った。

「はい。御三家水戸藩の盗賊も顔負けの所業。天下に知られれば、厳しい誹《そし》りを受け、笑いものになるでしょう」

京之介は頷いた。

「成る程、そいつを数珠丸恒次に拘わる事や噂から探ってみると申すか。よし、知り合いの刀工たちに触れを廻して訊いてみよう」

浄雲は、悪戯《いたずら》をする子供のような楽しげな笑みを浮かべた。

「お願いします」

京之介は、数珠丸恒次を手に入れる経緯に水戸家の弱味があると読んでいた。


水戸藩江戸上屋敷は、いつもと変わらぬ一日を迎えていた。

楓は、奥御殿の天井裏に潜んで女中の蛍の動きとその周囲を見守った。

掃除、洗濯、食事の仕度、雑用……。

女中の蛍は、朋輩たちと一緒に忙しく働いていた。

昼が過ぎ、未《ひつじ》の刻八つ（午後二時）になった。

蛍たち女中は、漸く昼食を取って休息の時となった。

女中たちの休息を見計らったように行商人たちが訪れ始めた。

菓子屋と小間物屋は訪れたが、貸本屋は現われなかった。

蛍は、戸惑いを浮かべた。

下男の庄吉《しょうきち》が、女中溜まりを訪れた。そして、神田佐久間町二丁目の船宿『青柳』が盗賊に押し込まれ、店の者たちが皆殺しになったと恐ろしげに女中たちに喋った。

船宿『青柳』の者たちが皆殺し……。

蛍は、衝き上がる驚きを懸命に隠した。


下男の庄吉は、蛍を見張っている裏柳生の忍びだ。

楓は見抜いた。

蛍は、動揺を隠しながら女中としての仕事を続けていた。

楓は見守った。


神田川に架かる小石川御門は、駿河台小川町《するがだいおがわまち》と小石川や本郷の武家地を結んでいた。

京之介は、小石川御門内から水戸藩江戸上屋敷を見張り、根来忍びを捜した。

根来忍びは、船宿『青柳』が襲われたのを知り、何らかの報復をする筈だ。

京之介は睨み、水戸藩江戸上屋敷を見張る根来忍びを捜した。

江戸上屋敷の門前に不審な者はいなく、小石川御門橋の袂で托鉢坊主が経を読んでいるだけだった。

京之介は、托鉢坊主に形を変えた水戸藩の者に尾行られたのを思い出した。

あの時の托鉢坊主は、裏柳生の忍びの者だったのかもしれない。

僅かな時が過ぎた。

水戸藩江戸上屋敷から御刀番の神尾兵部が現われた。

京之介は、小石川御門内に潜んだ。

神尾兵部は辺りを油断なく見廻し、深編笠を被って水道橋に向かった。

京之介は、神尾を追う者を捜した。

二人の浪人が現われ、神尾兵部の後に続いた。

根来忍び……。

京之介は、現われた二人の浪人をそう睨んで小石川御門内から出ようとした。

托鉢坊主が動いた。

京之介は、咄嗟に足を止めた。

托鉢坊主は、小石川御門橋の袂から離れて神尾に続く二人の浪人を追った。

裏柳生の忍び……。

京之介は、托鉢坊主が裏柳生の忍びだと気付いた。

左馬之介は、根来忍びが神尾を追うと読み、裏柳生の忍びを潜ませていたのだ。

神尾兵部は餌……。

京之介は見定めた。

根来忍びと裏柳生……。

京之介は、忍びの者同士の虚々実々の駆け引きを知った。

神尾兵部は、水戸藩江戸上屋敷の角を北に曲り、美濃《みの》国郡上《ぐじょう》藩江戸上屋敷の横を東に進んで本郷の通りに向かった。

二人の浪人は、托鉢坊主に尾行られているとも知らず神尾を追った。

京之介は続いた。

本郷の通りに出た神尾は、そのまま追分に向かった。

追分迄の間に水戸藩江戸中屋敷がある。

神尾は、尾行て来る根来忍びを中屋敷に誘き出す魂胆なのだ……。

京之介は睨んだ。

神尾は、北《きた》ノ天神真光寺《てんじんしんこうじ》の前を通り抜けた。

二人の浪人は、神尾を尾行た。

門付《かどづ》けをしていた托鉢坊主が、二人の浪人を追う托鉢坊主に合流した。そして、路地からもう二人の托鉢坊主が現われた。

托鉢坊主は四人の集団となり、二人の浪人を追った。

裏柳生の左馬之介は二人の浪人を捕え、根来忍びの総帥白虎の居場所を突き止めようとしている。

京之介は、左馬之介の企みを読んだ。

どうする……。

京之介は迷った。

二人の浪人を助けるか、見殺しにするか……。

助ければ、白虎の居場所を知る事が出来るかもしれない。しかし、それは己の姿を神尾や左馬之介に曝《さら》す事にもなる。

己の動きを隠す為に見殺しにする……。

迷いは短かった。

京之介は、二人の浪人を見殺しにすると決めた。

神尾は、加賀国金沢藩江戸上屋敷の前を抜けて追分を東に進み、水戸藩江戸中屋敷に入った。

二人の浪人は見届け、見張りをする場所を探し始めた。

四人の托鉢坊主は、二人の浪人に殺到した。

二人の浪人は狼狽えた。

四人の托鉢坊主は、二人の浪人に抗う暇を与えず押え、水戸藩江戸中屋敷の表門に引き立てた。

水戸藩江戸中屋敷の表門が開いた。

四人の托鉢坊主は、二人の浪人を開いた表門から中屋敷の中に一気に連れ込んだ。

そして、表門は閉められた。

一瞬の出来事だった。

京之介は見届けた。

二人の浪人は、左馬之介たち裏柳生の厳しい責めに曝され、白虎の居場所を吐かされるかもしれない。だが、それは二人の浪人が白虎の居場所を知っている場合だ。

知らなければ殺されるのみ……。

京之介は、二人の浪人の行く末を非情に読んだ。

何れにしろ左馬之介と神尾の動きだ……。

京之介は、水戸藩江戸中屋敷の見張りに就いた。

蛍は動いた。

風呂敷包みを抱え、裏門の門番に使いに行くと告げて水戸藩江戸上屋敷を出た。

そして、上屋敷裏の通りを無量山傳通院《むりようざんでんづういん》門前に急いだ。

下男の庄吉が現われ、蛍を追った。

見抜いた通りだ……。

楓は、庄吉が裏柳生の忍びだと見定めた。

蛍は、傳通院の門前に差し掛かった。

無量山傳通院は、東照神君家康公が生母於大《おだい》の方の菩提を弔う為に建てた寺だ。

蛍は、時々振り返って尾行を警戒し、落ち着かない足取りで傳通院の門前を抜けた。

楓は、蛍の不安と焦りを知った。

蛍は足早に進んだ。

庄吉は、蛍の行き先を突き止めようと慎重に尾行ていた。

楓は追った。


小石川同心町《どうしんちょう》から小石川大塚吹上に進み、大塚町《おおつかまち》に出る。

蛍は、大塚町の外れを富士見坂に曲った。

そこは、神霊山《しんれいざん》護国寺《ごこくじ》門前だった。

護国寺は、五代綱吉《つなよし》公が生母桂昌院《けいしょういん》の発願によって建立《こんりゅう》した寺であり、門前の南には音羽町《おとわまち》が一丁目から九丁目迄続いていた。

蛍は、護国寺門前を抜けて田畑の間の田舎道に進んだ。

庄吉は追った。

蛍の進む田舎道の先は、鬼子母神《きしもじん》で名高い雑司ヶ谷《ぞうしや》だ。

雑司ヶ谷……。

楓は、蛍の行き先を雑司ヶ谷だと睨んだ。

此のままでは、蛍は行き先を裏柳生の忍びの庄吉に知られてしまう。

楓は、蛍に報せるか報せないか迷った。

報せて蛍に近付く……。

楓は決めた。

蛍は、田舎道を雑司ヶ谷に進んだ。

庄吉は、慎重に追っていた。

楓は、緑の田畑を走って蛍の前に出た。

蛍は、田舎道の行く手に現われた女に微かに戸惑った。

見覚えのある女……。

女は、蛍に向かって来る。

裏柳生のくノ一の楓……。

蛍は、やって来る女が以前一緒に仕事をした楓だと見定め、僅かに身構えた。

「裏柳生に尾行られている……」

楓は、擦れ違い態《ざま》に蛍に告げた。

蛍は驚き、思わず振り返った。

菅笠《すげがさ》を被った男が背後から来ていた。

楓は、緑の田畑に跳んだ。

蛍は、菅笠を被った男に手裏剣を投げた。

手裏剣は菅笠を斬り飛ばし、男の顔を露《あら》わにした。

「庄吉……」

蛍は、男が水戸藩江戸上屋敷の下男の庄吉だと知り、驚いた。

庄吉は、忍び鎌を振るって猛然と蛍に襲い掛かった。

蛍は、苦無を煌めかせて闘った。だが、庄吉は手強《てごわ》かった。

「白虎は何処にいる」

庄吉は、忍び鎌を振り翳して蛍に迫った。

「知らぬ」

蛍は、必死に応戦した。

「惚《とぼ》けると貸本屋や青柳の者共の後を追う事になる」

庄吉は、残忍な笑みを浮かべた。

「おのれ……」

蛍は、庄吉に鋭く突き掛かった。

庄吉は跳んで躱し、蛍を背後から押えて喉に忍び鎌の刃を当てた。

蛍は仰け反り、白い喉を震わせた。

「吐け。白虎は何処だ」

「し、知らぬ……」

「よし。ならば死ね……」

庄吉は、蛍の喉に当てた忍び鎌を引こうとした。

刹那、二つの十字手裏剣が飛来し、庄吉の背に鈍い音を立てて突き立った。

庄吉は、顔を醜く歪めて体勢を崩した。

蛍は、素早く庄吉から逃れた。

「だ、誰だ……」

庄吉は振り返った。

同時に、眼前にいた楓が十字手裏剣を次々に放った。

十字手裏剣は、庄吉の胸に鈍い音を立てて突き刺さった。

「か、楓……」

庄吉は驚き、眼を瞠った。

「おのれ、抜け忍が……」

庄吉は、苦しげに嗄れ声を震わせた。

楓は、苦無を投げた。

苦無は、庄吉の震える喉を貫いた。

庄吉は、眼を瞠ったまま倒れた。

楓は、庄吉に駆け寄って生死を検《あらた》めた。

庄吉は絶命していた。

楓は見定めた。

「楓……」

蛍は、戸惑った面持ちで楓に声を掛けた。

「偶々《たまたま》、裏柳生の忍びを見掛けてな。後を追ったらお前を尾行ているのが分かった」

楓は、死んだ庄吉に嘲笑を浴びせた。

「楓、裏柳生の抜け忍になったのはまことだったのか……」

蛍は、楓が裏柳生の抜け忍になったという噂を聞いていた。

「ああ。見ての通りだ」

楓は小さく笑った。

「そうか……」

蛍は納得した。

田舎道を百姓がやって来た。

「蛍。此処に長居は無用だ」

楓は、蛍を促した。

「う、うん……」

楓と蛍は、庄吉の死体を田畑の緑に隠して田舎道を雑司ヶ谷に急いだ。

風が吹き抜け、庄吉の死体を隠した田畑の緑を揺らした。

一刻が過ぎた。

水戸藩江戸中屋敷は静寂に覆われていた。

京之介は、不忍池側にある裏門を見張り続けた。

裏門が開き、托鉢坊主の一団が出て来た。

裏柳生が動く……。

京之介は、裏柳生の左馬之介たちが二人の根来忍びを激しく責め、何事かを吐かせたと睨んだ。

托鉢坊主の一団は、不忍池の畔を下谷《したや》広小路に向かった。

京之介は追わず、潜み続けた。

編笠を被った背の高い浪人が、裏門から現われた。

裏柳生の左馬之介だ……。

京之介は睨んだ。

左馬之介は、托鉢坊主の一団に続いて不忍池の畔を下谷広小路に向かった。

京之介は、充分な間を取って左馬之介を追った。

二

大川《おおかわ》には様々な船が行き交っていた。

左馬之介は、下谷広小路から新寺町を抜けて浅草《あさくさ》広小路に出た。

京之介は慎重に追った。

浅草広小路は、金龍山浅草寺《きんりゅうざんせんそうじ》の参拝客や遊山《ゆさん》の客で賑わっていた。

左馬之介は、浅草広小路の賑わいを抜けて大川に架かる吾妻《あづま》橋を渡り始めた。

京之介は、左馬之介に続いて大勢の人の行き交う吾妻橋に上がった。

左馬之介の後ろ姿の向こうには、吾妻橋の東詰が見えた。

吾妻橋の東詰には肥後《ひご》国熊本新田《くまもとしんでん》藩と出羽《でわ》国秋田《あきた》藩の下屋敷があり、その前を托鉢坊主の一団が向島《むこうじま》に向かって行くのが窺えた。

托鉢坊主の一団の行く手には隅田川に続く源森川《げんもりがわ》があり、水戸藩江戸下屋敷がある。

托鉢坊主の一団と左馬之介は、水戸藩江戸下屋敷に行くのか……。

京之介は、微かな戸惑いを覚えた。

左馬之介は、水戸藩江戸下屋敷の前を通り過ぎて向島に進んだ。

行き先は、水戸藩江戸下屋敷ではなかった。

おそらく、配下の托鉢坊主の一団も水戸藩江戸下屋敷に寄る事もなく、先に進んでいるのだ。

京之介は読み、向島の土手道に左馬之介を追った。

雑司ヶ谷鬼子母神の境内の銀杏《いちょう》は風に揺れ、木洩れ日を煌めかせていた。

「ならば、根来忍びは水戸藩と争っている者に雇われているのか……」

楓は眉をひそめた。

「根来忍びの命脈を保つ為には、形振《なりふ》りを構ってはいられぬ」

蛍は、悔しさを滲ませた。

「根来忍びの命脈か……」

楓は苦笑した。

「可笑《おか》しいか……」

蛍は戸惑った。

「蛍。所詮、忍びは日陰者。今の世には無用な者。それなのに、昔ながらの容赦のない掟としがらみ、配下を捨て駒の道具としか扱わぬ冷酷さだけは厳しくなっている」

楓は、妖刀村正《むらまさ》を巡っての闘いの時、京之介を始末する餌にされた自分の惨めさを思い出した。

「楓、それが嫌になって裏柳生を裏切り、抜け忍になったのか……」

「自分の思うがまま、気儘《きまま》に生きてみたくなっただけだ」

楓は、自嘲の笑いを洩らした。

「自分の思うがままか……」

蛍は、淋しさを過ぎらせた。

「蛍。今の私が闘う時は、誰かの為でも命令でもない。自分の為だけだ……」

「自分の為だけ……」

「どうだ、お前も思い切って根来忍びから抜けてみないか……」

楓は誘った。

「今は無理だ」

「ならば、今の仕事が終わったら……」

「楓、それ迄、無事に生きていられるか……」

蛍は、哀しげな笑みを浮かべた。

「蛍、私を根来忍びの頭に引き合わせろ」

「お頭に……」

蛍は戸惑った。

「そうだ。自分を助けてくれた裏柳生の抜け忍だと云ってな」

「それでどうする」

「お前を助け、護《まも》る」

「楓、ありがたいがそれは無理だ。如何に抜け忍でもお前は裏柳生の忍び。お頭たちは信用せず、お前を殺すだろう」

蛍は眉をひそめた。

「ならば、私は私なりに秘かにお前を護る」

楓は云い放った。

「何故だ、楓。何故にそこ迄、私を気にする」

「忍びのくノ一、哀れな者同士だ……」

楓は淋しげに笑った。

銀杏は風に吹かれ、葉音を騒《ざわ》めかせた。


向島の土手道は北に続き、長命寺《ちょうめいじ》、諏訪《すわ》明神、白髭《しらひげ》神社などがある。

左馬之介は、諏訪明神と白髭神社の間の田舎道に曲った。

京之介は尾行た。

左馬之介は、向島の田畑の間の田舎道を進んだ。

その前には托鉢坊主の一団がいる筈だ。

左馬之介は、新梅屋敷《しんうめやしき》の前を通って尚も進み、雑木林を背にして建つ古い庄屋屋敷の前に立ち止まった。

根来忍びの隠れ宿か……。

京之介は、立ち止まった左馬之介を見て傍らに流れている小川に降りた。そして、小川の岸辺の陰に身を潜め、出来るだけ左馬之介に近付いた。

左馬之介は、古い庄屋屋敷を鋭い眼差しで眺めていた。

古い庄屋屋敷は木戸門のある土塀に囲まれ、人の出入りは窺えなかった。

だが、人が潜んでいる気配はある……。

左馬之介は、二人の浪人が吐いた通り、古い庄屋屋敷が根来忍びの隠し宿の一つだと睨んだ。

そして、白虎は本当にいるのか……。

左馬之介は、二人の浪人が根来忍びの総帥の白虎がいると吐いたのを思い出していた。

一人の托鉢坊主が古い庄屋屋敷の裏手から現われ、左馬之介の許に駆け寄って何事かを告げた。

左馬之介は頷き、右手を僅かに上げた。

古い庄屋屋敷の周囲に潜んでいた托鉢坊主たちが姿を現わし、饅頭笠と墨染《すみぞめ》の衣を脱ぎ棄て裏柳生の忍びの者となった。

左馬之介は、僅かに上げた右手を下ろした。

裏柳生の忍びの者たちは、古い庄屋屋敷に殺到した。

木戸門を抉じ開け、土塀を跳び越え、裏柳生の忍びの者たちは古い庄屋屋敷に次々と侵入した。

木戸門から根来忍びと思われる男が、血塗《ちまみ》れになって転げ出て来た。

左馬之介は、転がり出て来た根来忍びと思われる男の喉を情け容赦なく刀で一突きにし、古い庄屋屋敷の木戸門を潜った。


左馬之介は、捕えた二人の浪人から古い庄屋屋敷の事を聞き出し、急襲したのだ。

京之介は、小川の岸辺にあがって古い庄屋屋敷に走った。そして、土塀の上に跳んで身を潜めて古い庄屋屋敷を窺った。

左馬之介と裏柳生の忍びの者たちは、古い庄屋屋敷の中に侵入したのか、庭先にはいなかった。

古い庄屋屋敷の中からは、殺気と血の臭いが巻き上がっていた。

根来忍びと裏柳生の忍びとが激しく闘っている……。

京之介は睨んだ。

古い庄屋屋敷の背後の土塀の上に根来忍びたちが現われた。

加勢が駆け付けた……。

京之介がそう思った時、土塀の上の根来忍びの者の一人が抱大筒《かかえおおづつ》を構えた。

抱大筒とは全長三尺二寸、銃身は二尺弱、口径が三寸弱、重さ二貫《かん》七斤《きん》あり、人が抱える大砲として一貫目玉を撃つ事が出来た。

根来忍びは、その抱え大筒の銃口に棒火矢を差し込んだ。棒火矢とは、火薬を詰めた太めの短い矢である。

京之介は見守った。

根来忍びは、棒火矢を差し込んだ抱え大筒を古い庄屋屋敷に向けた。

京之介は戸惑った。

根来忍びは、抱え大筒の引き鉄《がね》を引いた。

棒火矢は古い庄屋屋敷の壁を撃ち抜いた。

他の根来忍びたちが、庄屋屋敷の壁に開いた穴に焙烙玉《ほうろく》を次々と投げ込んだ。

古い庄屋屋敷の中で爆発が続き、大きな爆発が起きた。

京之介は、咄嗟に土塀の上に伏せた。

爆発は続き、古い庄屋屋敷は激しく燃え上がった。

燃え上がった炎は、古い庄屋屋敷を包んだ。

左馬之介たち裏柳生の忍びの者だけではなく、根来忍びにも逃げる暇はなかった。

火薬が仕掛けられていた……。

京之介は、根来忍びが火薬の扱いに長《た》けているのを思い出した。

抱大筒を撃ち、焙烙玉を投げ込んだ根来忍びたちは、燃え盛る古い庄屋屋敷を取り囲み、逃げ出して来る裏柳生の忍びの者を待ち構えた。

罠……。

京之介は気付いた。

二人の浪人と古い庄屋屋敷にいた根来忍びの者たちは、左馬之介たち裏柳生の忍びを誘き出して殲滅《せんめつ》する囮《おとり》に過ぎなかった。

仲間の命を餌にする……。

それは、根来忍びの総帥白虎の企てなのかもしれない。

白虎……。

京之介は、白虎の非情さを思い知った。

古い庄屋屋敷は崩れ、燃え上がった炎は衰え始めた。

裏柳生の忍びの一人が、血塗れになりよろめきながら出て来た。

根来忍びの者たちが殺到し、よろめきながら出て来た裏柳生の忍びを斬り殺した。

京之介は見守った。

左馬之介は死んだのか……。

京之介は、衰えた炎を上げる古い庄屋屋敷の焼け跡を窺った。

焼け跡で動く物は、衰えた炎と燻《くすぶ》る煙だけだった。

駆け付けて来る人々の声が、遠くから聞こえ始めた。

根来忍びたちは、生きている裏柳生の忍びはいないと見定め、古い庄屋屋敷の焼け跡から立ち去った。

京之介は、根来忍びたちを追った。

炎が爆《は》ぜ、煙が燻った。

焼け落ちた屋根の隅が僅かに動き、灰の中から左馬之介が這い出して来た。

左馬之介は、火傷《やけど》を負った身体を引き摺って焼け跡を出た。そして、傍らを流れている小川に転がり込んだ。

水飛沫が煌めいた。

火傷をした身体を冷たい水が包んだ。

左馬之介は、小川に身を委ねて隅田川に向かって流れ始めた。


根来忍びの者たちは、近くの若宮八幡社裏の小さな百姓家に入った。

京之介は見届けた。

根来忍びの隠れ宿……。

京之介は、総帥の白虎が潜んでいるかどうか見定めようとした。

小さな百姓家から男たちが現われた。

人足、行商人、職人、百姓……。

様々な職の男たちが次々に出て来て、田舎道に散って行った。

根来忍びの者たちだ。

京之介は、根来忍びの者たちが姿を変えて散って行ったのを見定め、小さな百姓家に忍び寄った。

刹那、京之介は黒い影に覆われた。

京之介は、咄嗟に霞左文字を頭上に一閃した。

屋根の上から襲い掛かった根来忍びが、忍び刀を握り締めたまま倒れ込んだ。

既に気付かれている……。

京之介は、霞左文字を握り締めて小さな百姓家の腰高障子を蹴破り、薄暗い土間に飛び込んだ。

手裏剣が唸りをあげて京之介に飛来した。

京之介は転がって躱し、板の間から手裏剣を投げる根来忍びに一気に寄り、その腹を霞左文字で貫いた。そして、腹を貫いた根来忍びを盾にして奥の部屋に押し込んだ。

太刀風が短く放たれた。

京之介は、腹を貫いた根来忍びを突き飛ばし、太刀風を躱した。

小柄な根来忍びが、刀を握り締めて奥の部屋の暗がりに跳んだ。

京之介は、霞左文字を構えた。

小柄な根来忍びは、暗がりに獣のように身を屈め、覆面をした顔の前に刀を構えた。

「根来の総帥白虎か……」

京之介は問い質した。

「汐崎藩御刀番の左京之介か……」

小柄な根来忍びは、嘲りを滲ませた。

知っている……。

京之介は、己が何者か知られているのに戸惑った。

次の瞬間、京之介の頭上の天井から槍が突き降ろされた。

京之介は、咄嗟に跳び退いた。

小柄な根来忍びは、奥の壁を素早く押した。

奥の壁は廻った。

小柄な根来忍びは、壁の奥に消えた。

京之介は、追い掛けようとした。だが、壁は閉まり、開く事はなかった。

京之介は外に出た。

小さな百姓家の周囲に人はいなく、斬り棄てた根来忍びの死体も消えていた。

小鳥の囀りが響いていた。

逃げられた……。

京之介は苦笑した。

根来忍びは、京之介の名前と素性を知っていた。

何故だ……。

京之介は、広尾の田舎道で襲い掛かって来た百姓と深編笠を被った武士を思い出した。

何れにしろ、根来忍びは汐崎藩御刀番の左京之介が数珠丸恒次を追っているのを知っているのだ。

京之介は、霞左文字に拭いを掛けた。

小鳥の囀りは、緑の田畑に長閑に響き渡っていた。

雑司ヶ谷鬼子母神門前の茶店は、茶の他に蕎麦なども食べさせた。

楓は、近くの者にそれとなく聞き込みを掛けた。

茶店は老夫婦が営んでおり、裏の納屋に行商人を泊める事もあった。

蛍が茶店に入って四半刻（三十分）が過ぎた。

楓は、鬼子母神の参拝客を装って茶店を訪れた。

「お邪魔しますよ」

楓は、茶店に漂っている蕎麦の出汁《だし》の匂いを嗅いだ。

「おいでなさいませ……」

楓は、老婆に迎えられて縁台に腰掛け、茶を頼んだ。

老婆は、返事をして奥に入って行った。

楓は、茶店の奥を窺った。

茶店の奥に蛍の姿はなく、主の老亭主もいなかった。

おそらく、蛍は茶店の老亭主に船宿『青柳』の者が皆殺しにされ、自分も裏柳生の忍びに見張られていた事を報せているのだ。

「お待ちどうさまでした」

老婆は、楓に茶を運んで来た。

楓は、茶を受け取って飲み始めた。

根来忍びの隠れ宿である茶店には、老夫婦以外の者がいる様子は窺えなかった。

根来忍びの総帥の白虎はいない……。

楓は見定めた。

蛍はこれからどうするのか……。

庄吉を始末しても、裏柳生は蛍が根来忍びのくノ一だと知っている筈だ。

水戸藩江戸上屋敷に戻るのは危ないだけだ。

蛍は、総帥の白虎に指示を仰ぎに行くかもしれない。

楓は、蛍が動くのを待った。


汐崎藩江戸上屋敷の表門内に小さな騒めきが起こった。

佐助は、表門の門番所に行き、親しくしている中間に尋ねた。

「何かあったんですかい……」

「水戸藩の本田さまが急においでになってな。御家来衆は大慌てだ」

中間は囁いた。

「水戸藩の本田さまって、江戸家老の本田修理さまですか……」

「ああ……」

中間は、眉をひそめて頷いた。

水戸藩江戸家老の本田修理は何しに来たのだ……。

佐助は気になった。


水戸藩江戸家老の本田修理は、汐崎藩堀田家当主の千代丸と御生母お香の方の御機嫌を伺った。そして、書院で汐崎藩江戸家老の梶原頼母と逢った。

「して本田どの、当家に急にお見えになったのは、我が殿の御機嫌伺いだけですかな」

梶原は、本田に探る眼差しを向けた。

「いや……」

「違うと申されるか……」

梶原は、厳しさを滲ませた。

「左様。御生母お香の方さまの御機嫌も伺いにな……」

本田は苦笑した。

「本田どの、戯《ざ》れ言《ごと》は無用にされたい」

梶原は気色《けしき》ばんだ。

「心得た」

本田は、苦笑したまま茶を飲んだ。


佐助は、植込み伝いに庭を進んで表御殿の縁の下に潜り込んだ。そして、縁の下を書院に這い進んだ。

やがて、頭上から梶原の声が聞こえて来た。

佐助は、書院の下に潜んだ。


「して、我が藩に御用とは……」

梶原は、本田に厳しい眼を向けた。

「梶原どの。過日、我が藩上屋敷に賊が押し入ったは御存知ですな」

本田は、探るように梶原を見据えた。

「噂は聞いておりますが……」

梶原は、本田を見返した。

「賊の背後には、どうやら我が藩に遺恨を抱いている者がいる」

本田は、梶原の反応を窺った。

「水戸藩に遺恨を持つ者……」

梶原は眉をひそめた。

「左様。梶原どの、我が水戸藩に遺恨を持つ者、御存知ないかな……」

本田は、狡猾さを秘めた眼で梶原を窺った。

疑っている……。

梶原は、本田が根来忍びの背後に潜む者を汐崎藩だと睨み、その真偽を見定めに来たのだと気付いた。

「さあて、貴藩に遺恨を持つ者など、他藩の私が知る由《よし》もござるまい」

梶原は苦笑した。

「まことか……」

本田は、微かな険しさを過ぎらせた。

水戸藩の探索は上手くいっていない……。

梶原は睨んだ。

「左様。貴藩は御三家。我が汐崎藩は頼りにはしても、遺恨を抱くなどありえぬ事。もっとも、他藩や他人はどうかは存じませぬが……」

梶原は、皮肉混じりの笑みを浮かべた。

三田中寺丁の聖林寺の家作には、仄《ほの》かな明かりが灯されていた。

「そうか。水戸藩の本田修理、根来忍びの背後に潜む者を汐崎藩だと疑って来たか……」

京之介は苦笑した。

「はい……」

佐助は頷いた。

「して、梶原さまはどうした」

「本田さまの腹の内に気が付かれ、皮肉を云って笑っていました」

「拘わりのない者の強みだな」

「きっと……」

「それにしても本田修理、焦り苛立ち始めたとみえるな」

京之介は、本田修理の立場を読んだ。

「で、京之介さま、根来忍びの背後に潜む者の正体、分かったのですか」

「未だだ……」

京之介は、根来忍びと裏柳生の駆引きと向島での殺し合いを佐助に語った。

「じゃあ、裏柳生の左馬之介も根来忍びに……」

「おそらくな……」

京之介は頷いた。

「で、根来忍びの白虎は……」

「らしき者に辿り着いたのだが、まんまと逃げられた」

「逃げられた……」

「うむ。そ奴、何故か私の名前と素性を知っていた」

「京之介さまの名前と素性を……」

佐助は眉をひそめた。

「左様。おそらく根来忍びの背後に潜む者は、私を良く知る者なのかもしれない」

京之介は睨んだ。

根来忍びの背後に潜むのは何者なのだ。そして、水戸藩から奪い取った数珠丸恒次をどうするつもりなのだ。

京之介の疑念は募った。

三

「裏柳生の左馬之介たちが斃《たお》されたかもしれぬだと……」

水戸藩江戸家老の本田修理は眉をひそめた。

「はい。根来忍びを捕えて白虎の潜む隠れ宿を吐かせ、急襲したのですが、火の手があがり……」

水戸藩御刀番の神尾兵部は、苦しげに顔を歪めた。

「戻らぬのか……」

「左馬之介を始め、誰一人として……」

神尾は頷いた。

「おのれ……」

本田は、悔しさを窺わせた。

「根来の白虎、配下の根来忍び諸共、裏柳生の忍びたちを始末したかと……」

神尾は、己の睨みを伝えた。

「己の配下諸共だと……」

本田は、厳しさを滲ませた。

「はい。根来忍びの総帥白虎。敵を倒すに手立てを選ばぬ、聞きしに勝る非情な者かと思われます」

神尾は告げた。

「うむ……」

「して本田さま、汐崎藩は如何にございました」

「古狐の梶原頼母。上屋敷に賊が押し入ったのは噂に聞いたが、何も知らぬと笑いおった」

本田は苦笑した。

「ならば……」

「古狐の様子を見る限り、根来忍びの背後に潜む者、やはり汐崎藩ではあるまい」

本田は、腹立たしげに己の睨みを告げた。

「そうですか……」

「うむ」

「ところで本田さま、御刀番の左京之介、姿を見せましたか……」

「いや。左京之介、姿を見せる事はなかった」

「そうですか……」

神尾は、僅かに眉をひそめた。

「左京之介、どうかしたのか……」

本田は、戸惑いを浮かべた。

「秘かに動いている様子なので見張りを付けたところ、見張りを出し抜いて行方を晦《くら》ましました……」

「神尾。左京之介、まさか根来忍びの背後に潜む者と通じてはおるまいな」

本田は、緊張を浮かべた。

「汐崎藩家中の殆《ほとん》どの者は、水戸藩に遺恨を抱いてはおらぬと思いますが、左京之介の腹の内は分かりませぬ」

神尾は、本田に厳しい眼差しを向けた。

「左京之介か……」

「はい。左京之介、刀工左一族の流れを汲み、左霞流の遣い手。当家の目付頭望月蔵人を斬ったとの噂の持ち主。おそらく此度《こたび》の数珠丸恒次の件にも何らかの形で拘わっているのに違いありませぬ」

神尾は、京之介を冷静に読んだ。

「油断はならぬな」

「はい……」

「して、左馬之介が斃れた今、如何致すのだ」

「明日、四ッ谷正福寺の清源どのに逢い、次の手を打ちます」

「うむ。数珠丸恒次、好事家《こうずか》の大名旗本の間の噂になり始めた。知っての通り、数珠丸恒次は日蓮上人の遺品、そして消失した曰く付きの名刀。噂に面白可笑しく尾《お》鰭《ひれ》が付くのは必定《ひつじょう》。そして、その面白可笑しく尾鰭の付いた噂が上様のお耳に入った時、果たしてどうなるやら……」

本田は、微かな怯えと困惑を窺わせた。

「本田さま……」

「如何に御三家水戸藩と雖《いえど》も只では済まぬやもしれぬ。殿はそれを恐れ、一刻も早く数珠丸恒次を取り戻せとの仰せだ。良いな神尾……」

本田は焦りを滲ませ、険しい面持ちで命じた。

「心得ました」

神尾は静かに頷いた。


左馬之介が斃れた今、裏柳生はどうするのか……。

京之介は、夜明けと共に四ッ谷忍町の正福寺に急いだ。

忍町の正福寺は裏柳生の隠れ宿であり、住職の清源と寺男の宇平は忍びの者に違いなかった。

京之介は、左馬之介が斃された裏柳生の出方を見定めるつもりだ。

夜明けの町には仕事場に向かう人々が行き交い、既に動き始めていた。

京之介は、四ッ谷忍町に急いだ。


雑司ヶ谷鬼子母神は朝霧に覆われていた。

根来忍びの隠れ宿の茶店は、未だ店を開けてはいなかった。

昨夜、蛍は茶店から出て来る事はなかった。

楓は待った。

朝霧が消えた頃、蛍が茶店から出て来た。

蛍は、油断なく辺りを窺い、変わった事のないのを見定めて足早に下雑司ヶ谷町に向かった。

根来忍びの総帥白虎の許に行くのか……。

楓は、慎重に蛍を追った。


四ッ谷忍町正福寺の境内からは、掃き集めた枯葉を燃やす煙が揺れながら立ち昇っていた。

宇平は、枯葉を燃やす火の具合を見て庫裏の横手に入って行った。

庫裏の横手には鳩小屋があり、宇平は餌をやりに行ったのだ。

京之介は、正福寺の様子を窺った。

住職清源の朝のお勤めが始まり、本堂から読経が響き始めた。

住職の清源と老寺男の宇平は、間違いなく正福寺にいる。

京之介は見定めた。

清源は、左馬之介たちが根来忍びの術中に落ちたのを知っているのか……。

知っていれば、正福寺にいつもとは違う何かがある筈だ。だが、京之介はいつもの正福寺を知らない。

どうする……。

京之介は、違いを見定める手立てを探した。

深編笠を被った武士がやって来た。

京之介は、正福寺の斜向かいの物陰に入って遣り過ごそうとした。

深編笠の武士は、正福寺の門前に立ち止まって辺りを窺った。

神尾兵部……。

京之介は、深編笠の武士が神尾兵部だと睨んだ。

深編笠の武士は、辺りに不審な事はないと見定めて正福寺に入って行った。

神尾兵部は、左馬之介が斃れた善後策を講じに清源に逢いに来たのだ。

京之介は読んだ。

裏柳生の清源はどう出るのか……。

京之介は、正福寺の動きを見張り続けた。


四ッ谷大木戸は旅人が行き交っていた。

根来忍びの蛍は、雑司ヶ谷鬼子母神門前の茶店を出て江戸川に架かる姿見《すがたみ》橋を渡り、高田馬場から牛込原町《はらまち》や市ヶ谷谷町《たにまち》を抜け、四ッ谷大木戸に進んだ。

楓は尾行た。

蛍は、四ッ谷大木戸から千駄《せんだ》ヶ谷《や》に出て千駄ヶ谷八幡宮の鳥居を潜った。

楓は続いた。

千駄ヶ谷八幡宮は千駄ヶ谷一帯の総鎮守《そうちんじゅ》であり、無数の白鳩が現われたという言い伝えがあった。

楓は、千駄ヶ谷八幡宮の境内に蛍を捜した。

蛍は、境内の隅の茶店にいた。

楓は、本殿に手を合わせて茶店に入り、蛍の隣に腰掛けた。

「お待たせしました」

茶店の娘は、蛍と楓の傍に二つの茶を置いた。

楓は戸惑った。

「頼んでおいたんですよ」

蛍は、楓が尾行て来るのに気付いていた。

「あら、そうでしたか、すみませんねえ」

楓は微笑んだ。

蛍と楓は、茶を飲んだ。

千駄ヶ谷八幡宮には参拝客が訪れ、近所の幼い子供たちが遊んでいた。

「ずっと鬼子母神にいたのか……」

蛍は、遊んでいる子供たちを眺めながら楓に尋ねた。

「うん。何が起こるか分からぬからな」

「造作《ぞうさ》を掛けるな……」

「私が勝手にやっているだけだ」

楓は苦笑した。

「作造《さくぞう》おじさん、茶店を預かっている人だが、何をするにしても今度の仕事が終わってからの方がいいだろうと……」

「蛍、その作造おじさんに相談したのか……」

楓は眉をひそめた。

「安心しろ。作造おじさんは信用出来る人だ」

蛍は笑い、茶店の老亭主の作造と親しい間柄なのを告げた。

「ならば良いが……」

如何に親しい者の勧めでも、己の身の振り方を決めるのは己しかいない……。

楓は、蛍が雑司ヶ谷鬼子母神傍の茶店の老亭主に相談したのに不安を覚えた。

「して、これから何処に行く」

「組頭の処だ」

「組頭、頭ではないのか……」

「私は、根来忍びの総帥白虎さまとは逢った事はない」

「総帥の白虎……」

「うむ。白虎さまと逢えるのは組頭たちだけで、私は何処にいるかも知らぬ。それ故、組頭の許に行って、新たな役目を受ける」

「そうか……」

楓は、根来忍びの総帥白虎の警戒が厳しく、その居場所を突き止めるのが容易ではないのを知った。だが、組頭を見張れば、総帥白虎の居場所を突き止められるのかもしれない。

先《ま》ずは、蛍が訪れる根来忍びの組頭を突き止める……。

楓は決めた。

四ッ谷忍町正福寺から鳩が飛び立った。

羽音を鳴らして飛び立った鳩は、正福寺の庫裏の裏の小屋で飼われているものだ。

鳩は、正福寺の上空を一廻りして西南に向かって飛び去った。

報せ鳩か……。

京之介は、西南の空に飛び去った鳩を〝報せ鳩〟だと睨んだ。

清源と神尾は、左馬之介が斃れた善後策を相談し、何処かに報せ鳩を飛ばしたのだ。

南には目黒《めぐろ》があり、大和《やまと》国柳生藩江戸下屋敷がある。

京之介は、妖刀村正を巡って柳生藩江戸下屋敷で裏柳生の総帥義堂《ぎどう》と闘った事を思い出した。

報せ鳩は、その柳生藩江戸下屋敷に飛んだのかもしれない。

裏柳生と根来忍びの殺し合いは続く……。

京之介は、命令されて殺し合い、虚しく斃れていく忍びの者たちに哀れみを覚えた。

何れにしろ、事の背後には水戸藩に対する遺恨が潜んでいる。

水戸藩に対する遺恨は、汐崎藩にも燻っている。

少なくとも京之介と江戸家老の梶原頼母は、好き嫌いは別にして宗憲に毒を盛った水戸藩に怒りを抱いているのだ。

そうした水戸藩に遺恨を持つ者が数珠丸恒次を奪わせ、根来忍びと裏柳生を殺し合いの渦に引き摺り込んだ。

何者だ……。

京之介は、水戸藩に遺恨を抱く者に怒りを覚えずにはいられなかった。

青山の百人町を南西に進むと宮益町の小さな町に出る。

蛍は、宮益町の西の外れ、渋谷川の岸辺に建つ木賃宿《きちん》の前で立ち止まった。そして、背後を振り返り、木賃宿に入った。

楓は見届けた。

木賃宿とは、自炊する旅人を泊める安宿だ。客は路銀の少ない者や行商人が多く、衝立《ついたて》などで僅かに仕切られた広い板の間に寝泊まりする。

旅人が出入りする木賃宿は、忍びの者の隠れ宿にはうってつけのものだった。

木賃宿は根来忍びの隠れ宿であり、亭主が組頭なのだ。

組頭の木賃宿の亭主は、蛍の話を聞いて総帥の白虎の許に行くのか……。

楓は、木賃宿を見張り始めた。

汐崎藩江戸上屋敷は、藩主堀田千代丸と江戸家老の梶原頼母が下城して表門を閉めた。

佐助は、家臣や奉公人たちと一緒に千代丸と梶原を出迎えた。そして、中間や下男の仕事の手伝いをしながらそれとなく屋敷内を見廻った。

屋敷内に不審な事はなく、裏柳生や根来の忍びの者が潜んでいる気配はなかった。

佐助は見定め、侍長屋の京之介の家に戻った。

「佐助、御家老さまがお呼びだ」

江戸家老付きの家来がやって来た。

「梶原さまが……」

佐助は戸惑った。

江戸家老が、家臣の小者をわざわざ呼ぶなど滅多にない事だ。

「そうだ。早く来い」

江戸家老付きの家来は、戸惑う佐助を苛立《いらだ》たしげに呼んだ。

「は、はい……」

佐助は、江戸家老付きの家来に続いて表御殿に向かった。

佐助は、江戸家老付きの家来に伴われて用部屋の庭に入り、濡縁《ぬれえん》の前に控えた。

「来たか……」

梶原は、用部屋から濡縁に出て来た。

佐助は平伏した。

「構わぬ。顔をあげろ」

梶原の声には、微かな苛立ちが滲んでいた。

「はい……」

佐助は顔をあげた。

「左は何処にいる……」

梶原は、佐助を睨みつけた。

「知りません」

佐助は、申し訳なさそうに告げた。

「知らぬだと。まことか……」

梶原は眉をひそめた。

「はい」

佐助は、梶原を見詰めて頷いた。

「そうか。おい、下がっておれ」

梶原は、佐助の横に控えていたお付きの家来に命じた。

お付きの家来は、返事をして庭先から出て行った。

「佐助……」

梶原は、お付きの家来が出て行ったのを見定めて佐助を手招きした。

「はい……」

佐助は、戸惑いを浮かべて濡縁にいる梶原を見上げた。

「早く……」

梶原は、気短かに急《せ》かした。

「は、はい……」

佐助は、梶原のいる濡縁に近寄った。

梶原は、己の話す事が洩れるのを恐れ、お付きの家来を下がらせた。

余計な事を知れば、その分だけ命を狙われる事も増える。

余計な事を知る者は、出来るだけ少ない方が良い。

「今日、千代田《ちよだ》のお城で面白い噂を聞いた」

梶原は声を潜めた。

「面白い噂にございますか……」

「左様。日蓮上人遺品の太刀、数珠丸恒次なる名刀。水戸藩がある刀剣商を使って騙し取らせたとの噂をな」

梶原は、薄笑いを浮かべた。

「数珠丸恒次を水戸藩が騙し取らせた……」

佐助は眉をひそめた。

「うむ。誰が言い触らし始めたのかは知らぬが、儂《わし》の耳にも届く程、噂は城内に広まっているようだ」

「では、水戸藩は……」

「上様に知られ、尾張や紀伊に口出しをされる前に一件を始末しようと焦っている筈だ」

尾張藩と紀伊藩は、水戸藩と共に御三家だが家格は水戸藩より上とされていた。

「左様にございますか……」

「うむ。佐助、此の事を左に報せてくれ」

「は、はい……」

佐助は、微かな戸惑いを過ぎらせた。

京之介は、梶原と組んでなければ、その指示で動いている訳でもない。

「儂と左、遣り方や手立ては違えども、汐崎藩への想いは同じだ」

梶原は、佐助の戸惑いに苦笑した。

「梶原さま……」

「水戸藩は追い込まれ、何をしでかすか分からぬ。左にくれぐれも気を付けろとな」

梶原は、佐助にそう云い残して用部屋に戻った。

佐助は平伏し、用部屋の庭から立ち去った。

古い饅頭笠を被り、土埃塗れの古い衣を纏った雲水《うんすい》が、錫杖《しやくじよう》の鐶《かん》を鳴らして正福寺に入って行った。

京之介は、正福寺の山門に走って境内を窺った。
雲水は、庫裏の腰高障子を叩き、老寺男の宇平に迎えられて中に入った。
宇平は、山門を一瞥して腰高障子を閉めた。
左馬之介に代わる裏柳生の頭……。
京之介は、庫裏に入った雲水の正体をそう睨んだ。
僅かな時が過ぎ、正福寺の方丈から神尾兵部と白い顎髭の老僧が出て来た。
正福寺住職の清源……。
京之介は、白い顎髭の老僧をそう見た。
神尾兵部は、清源と庫裏から出て来た宇平に見送られて来た道を戻り始めた。
どうする……。
京之介は、正福寺の見張りを続けるか、神尾を追うか迷った。
賭けだ……。
京之介は、清源と宇平が庫裏に戻って行くのを見定めて神尾兵部を追った。
外濠には水鳥が遊び、跳ね散る水飛沫が煌めいていた。

神尾兵部は、忍町から外濠に架かる四ッ谷御門前に出た。

京之介は、塗笠を目深に被って尾行した。

四ッ谷から小石川に行くには、外濠内を行くのが早い。

京之介は、神尾が四ッ谷御門を潜ると読んだ。だが、神尾は四ッ谷御門を潜らず、外濠沿いの道を市ヶ谷御門に向かった。

小石川の水戸藩江戸上屋敷に帰るのではなく、別の処に行くのか……。

京之介は、不敵な笑みを浮かべた。

四

神尾兵部は、外濠沿いの道を進んだ。

尾行て来る者を気にする様子もなく、落ち着いた足取りだ。

京之介は、己の背後をそれとなく窺った。

後から来る人の中には、尾行て来る者はいなかった。

賭けは負けるのか……。

京之介は、神尾兵部を尾行れば左馬之介に代わる者が追って来ると睨み、賭けに出たのだ。

いまのところ、追って来る者はいない……。

京之介は、微かな落胆を覚えた。

神尾は、市ヶ谷御門と牛込御門の北詰を通って小石川御門前に出た。

小石川御門前には、水戸藩江戸上屋敷があった。

尾行てくる者もいなく、何事もなく水戸藩江戸上屋敷に着いた。

京之介を尾行て来る者はいなかった。

賭けに負けた……。

京之介は、水戸藩江戸上屋敷に入って行く神尾を見送った。

此迄だ……。

京之介は、小石川御門前を通って神田川沿いを昌平橋に向かおうとした。

塗笠を被った着流しの侍が、小石川御門内から出て来た。

京之介と着流しの侍は擦れ違った。

刹那、着流しの侍は抜き打ちの一刀を鋭く放った。

京之介は咄嗟に躱した。

着流しの侍の一刀は、京之介の塗笠を斬り裂いた。

京之介は、霞左文字を一閃した。

着流しの侍は、大きく跳び退いて躱した。

だが、塗笠の廂《ひさし》が斬り飛ばされ、その顔が露わになった。

坊主頭の精悍《せいかん》な面構えの若者……。

京之介は、着流しの侍の顔を見定めた。

着流しの侍は嘲笑を浮かべ、素早く身を翻した。

京之介に追う間はなかった。

四ッ谷忍町の正福寺に来た雲水……。

京之介は、着流しの侍が雲水だと見定めた。

雲水は、着流しの侍に姿を変えて外濠の内側を進み、神尾兵部を尾行る京之介を見定めた。それは、行き先が小石川御門前の水戸藩江戸上屋敷だと分かっているから出来る尾行だった。

京之介は、雲水が左馬之介に代わる裏柳生の新たな忍び頭だと見定めた。

賭けには勝った……。

だが、雲水も京之介の顔と太刀筋を見定め、その素性を知った筈だ。

左馬之介たちを斃された今、裏柳生の根来忍びへの攻撃は激しくなる。

京之介は読み、冷笑を浮かべた。

宮益町の外れ、渋谷川の岸辺にある木賃宿には、薬売りの行商人や渡世人《とせいにん》などが出入りしていた。

楓は、周囲にある一膳飯屋や荒物屋《あらもの》などにそれとなく聞き込みを掛けた。

木賃宿は、喜十《きじゅう》という名の中年男が女房のおもんと営んでいた。

喜十は、煮炊きをする薪代や蒲団の賃貸し代など細かく金を取る木賃宿の亭主だが、その正体は根来忍びの組頭なのだ。

蛍が襷《たすき》掛けの前掛姿で現われ、木賃宿の表を見廻して掃除を始めた。

楓は、蛍が取り敢えず木賃宿の手伝いをするのだと睨んだ。

それは、木賃宿の主で根来忍びの組頭の喜十の決めた事なのだ。

組頭の喜十は、蛍を手駒としてどう使うか総帥の白虎に相談に行くのか……。

楓は見守った。

木賃宿は泊まる旅人も少なく、余り繁盛してはいなかった。

根来忍びの隠れ宿としては、余り繁盛しなくても良いのだ。だが、どうして江戸の外れの宮益町なのだ。

楓は、不意に小さな疑念を感じた。

裏柳生に襲われた船宿『青柳』のように町中にある方が、何かと都合が良い筈だ。それなのに何故、宮益町の外れの渋谷川の岸辺なのだ。

只の根来忍びの足掛かりとしての役目だけの隠れ宿なのかもしれない。だが、それだけの役目の隠れ宿なら、組頭の喜十が亭主をしている必要はない。

楓は、小さな疑念を膨らませた。

喜十の木賃宿は、忍びの者の足掛かり以外に何らかの役目を担っている。

もしそうなら、その役目とは何なのか……。

楓は、己の小さな疑念が膨らみ続けるのに戸惑った。

日が暮れた。

佐助は、汐崎藩江戸上屋敷を出て三田中寺丁の聖林寺に走った。そして、京之介に梶原頼母から聞いた話を報せた。

「水戸藩が刀剣商を使って数珠丸恒次を騙し取った……」

京之介は眉をひそめた。

「はい。千代田のお城の中に、そうした噂が広がり始めたそうです」

佐助は伝えた。

「梶原さまが、私にそう伝えろと云ったのか」

京之介は、微かな戸惑いを過ぎらせた。

「はい。遣り方や手立ては違っても、汐崎藩への想いは同じだと……」

「そうか……」

京之介は、一度は隠居を決意した江戸家老梶原頼母の老いた顔を思い浮かべた。

「京之介さま、如何に御三家の水戸藩でもそんな噂が広まれば、面目丸潰れですね」

「うむ。面目が丸潰れになるぐらいで済めば良いが、同じ御三家の尾張藩や紀伊藩が知れば、黙っていまい」

「尾張藩や紀伊藩が……」

佐助は戸惑った。

「うむ。御三家の名を汚《けが》した痴《し》れ者と責め立て、その権威を奪って公儀の政《まつりごと》の片隅に追いやるだろう」

「それが尾張や紀伊の為になるのですか……」

佐助は首を捻った。

「うむ。将軍の座に就く資格のある者が一人消える」

京之介は嘲りを浮かべた。

「親類同士でも邪魔なら情け容赦なく片付けますか……」

佐助は眉をひそめた。

「水戸藩に遺恨を抱き、根来忍びを使って水戸藩の江戸上屋敷に忍び込み、数珠丸恒次を奪った者は、それが狙いなのかもしれぬな」

京之介は読んだ。

「それにしても、水戸藩の手足となって数珠丸恒次を騙し取った刀剣商ってのは、何処の誰なんですかね」

「佐助、水戸藩の御刀番神尾兵部は、神楽坂肴町の山城屋と申す刀剣商の主義兵衛と親しい様子だ」

「神楽坂肴町の山城屋義兵衛ですか……」

「うむ。数珠丸恒次を騙し取った刀剣商かもしれぬ。明日から探りを入れてみろ」

京之介は命じた。

「心得ました」

「それから、裏柳生は左馬之介の代わりに坊主頭の若い男を呼んだ」

「坊主頭の若い男……」

「ああ。かなりの遣い手だ。くれぐれも気を付けるのだな」

「はい……」

佐助は、緊張した面持ちで頷いた。

雨戸が小さく叩かれた。

京之介と佐助は、素早く身構えた。

「京之介、儂だ」

雨戸の向こうに浄雲の声がした。

「浄雲さまです」

佐助は、居間を出て雨戸を開けた。

「おう。佐助も来ていたか」

「はい。お邪魔しております」

浄雲は、佐助の手を借りて居間に上がって来た。

「浄雲さま、何か……」

京之介は迎えた。

「うむ。お前に頼まれた噂をな……」

浄雲は、京之介に頼まれて、水戸藩と数珠丸恒次に拘わる噂などを調べていた。

「それは御造作をお掛けしました。して……」

「うむ。知り合いの刀工の伝手《つて》を辿り、備中青江《びっちゅうあおえ》の流れを汲む《く》者を引き合わせて貰った」

数珠丸恒次の作者である青江恒次は、備中の刀工集団青江の一人とされている。

青江には時期によって〝古青江《こあおえ》〟〝中《ちゅう》青江〟〝末《すえ》青江〟の三期があり、数珠丸恒次は〝古青江〟だった。

「備中青江の流れを汲む刀工ですか……」

「うむ……」

浄雲は、佐助が淹《い》れて出した茶をすすった。

「して……」

「その刀工だが、二年前、或る刀剣商の主から数珠丸恒次の写しを造ってくれと頼まれたそうだ」

「数珠丸恒次の写し……」

京之介は、厳しさを過ぎらせた。

〝写し〟とは、真似であり、模造品である。

「左様。写しだ……」

浄雲は苦笑した。

「して、数珠丸恒次の写し、出来たのですか」

「うむ。刀工青江一門に残されている古文書を調べ、刃長、反り、元幅などはもとより、刃文や沸《にえ》なども出来るだけ写したそうだ」

「では、かなりの出来の写しですか……」

「その辺の目利きが一度見たぐらいでは、写しと分からないそうだ。もっとも本物が無くなっている今、数珠丸恒次の実物を見た者も少なく、仕方があるまい」

浄雲は笑った。

「して、その出来上がった数珠丸恒次の写し、江戸の刀剣商に渡したのですか……」

「左様。注文されて造った写しだ。注文主に渡して何の不都合もあるまい」

「仰る通りです。で、浄雲さま、その刀剣商、神楽坂の山城屋とは申しませんか」

「神楽坂の山城屋かどうかは分からぬが、義兵衛と申す刀剣商だそうだ」

「京之介さま……」

佐助は身を乗り出した。

「うむ。山城屋義兵衛に違いあるまい」

「はい。で、山城屋義兵衛、その数珠丸恒次の写し、どうしたんですかね」

佐助は首を捻った。

「うむ。浄雲さま……」

「さあな。義兵衛が数珠丸恒次の写しをどうしたかは分からぬ」

「分からない……」

京之介は、微かな落胆を浮かべた。

「だが、別の刀工から面白い噂を聞いた」

「面白い噂ですか……」

京之介は眉をひそめた。

「うむ。佐助、茶をもう一杯所望《しよもう》じゃ」

「はい。只今……」

佐助は、素早く浄雲の茶を淹れ替えた。

浄雲は茶をすすり、佐助に笑い掛けた。

「佐助、おぬし、美味い茶を淹れるのが上手いな」

浄雲は、下手な洒落を飛ばして笑った。

「は、はい。畏れいります」

「浄雲さま……」

「うむ。元々、数珠丸恒次は日蓮上人が身延山久遠寺《くおんじ》を開山する時、信者から寄進《きしん》されて護持刀としたものだが、その死後、久遠寺から無くなったとされている」

「はい……」

そこ迄は、京之介も聞いている話だ。

「それでだ……」

浄雲は話を続けた。

「今年の春。久遠寺の大檀家の一人が乱心し、太刀を振り廻して家族や奉公人を斬り、駆け付けた役人たちに斬り殺されたそうだ。それでその時、その刀工が役人に頼まれて大檀家の振り廻していた太刀の目利きを頼まれてな。するとその太刀は、数珠丸恒次の写しだったそうだ」

「数珠丸恒次の写し……」

「うむ。それで土地の者たちは、大檀家が隠し持っていた本物の数珠丸恒次を写しとすり替えられ、乱心したのだと噂したそうだ」

「本物を写しとすり替えられた……」

京之介は、厳しさを滲ませた。

「うむ。その頃、大檀家の屋敷には、江戸の刀剣商が出入りしていてな。おそらく騙された挙げ句、すり替えられたとの噂だ」

「江戸の刀剣商ですか……」

「左様。ま、儂が聞いた噂はそのぐらいだ」

浄雲は、茶を飲み干した。

「御造作をお掛け致しました」

京之介は、浄雲に頭を下げた。

「いや。役に立てば良いが……」

「それはもう。忝のうございます」

「うむ。ではな……」

浄雲は、欠伸《あくび》を嚙み殺しながら家作から出て行った。

「京之介さま……」

「佐助、どうやら数珠丸恒次の鍵を握っているのは刀剣商山城屋義兵衛のようだ」

京之介は睨んだ。

「はい。山城屋義兵衛が数珠丸恒次の写しを造ってすり替えたのなら、その背後には……」

佐助は眉をひそめた。

「うむ。水戸藩が潜み、絵図を描いたのかもしれぬな」

「はい……」

「よし。私も一緒に神楽坂の山城屋に行ってみよう」

京之介は決めた。


渋谷川に漂っていた朝霧が消える頃、蛍は出立《しゅったつ》する旅人を見送り、木賃宿の表の掃除を始めた。

楓は百姓女に形を変え、斜向かいの家の屋根に忍んで見守った。

蛍は、辺りを窺いながら掃除を続けた。

半纏《はんてん》を着た中年男が、木賃宿から出て来た。

木賃宿の主で根来忍びの組頭の喜十だ……。

楓は、喜十を見守った。

「お出掛けですか……」

「ああ……」

「お気を付けて……」

蛍は、出掛けて行く喜十を見送った。

喜十は何処に行くのか……。

楓は、斜向かいの家の屋根から降り、喜十を追った。


神楽坂は陽差しに眩しく輝いていた。

京之介は、佐助と共に神楽坂をあがり、善國寺の前を抜けて肴町に入った。そして、肴町の裏通りに進んだ。

「あそこですかね……」

佐助は、雨戸を閉めた小さな店を示した。

「うむ……」

小さな店は、刀剣商『山城屋』に間違いなかった。

「佐助……」

京之介は、佐助に目配せをした。

「はい。山城屋さん……」

佐助は頷き、刀剣商『山城屋』の雨戸を静かに叩いて返事を待った。

店の中から返事はなく、佐助は再び雨戸を叩いた。だが、やはり返事はなかった。

「京之介さま……」

佐助は戸惑った。

「うむ……」

刀剣商『山城屋』は、主の義兵衛とお内儀の千代、そして手代の甚八がいる筈だ。

妙だ……。

京之介の勘が囁《ささや》いた。

「裏に廻ってみよう」

京之介は、刀剣商『山城屋』の裏に続く路地に入った。

佐助は続いた。

京之介と佐助は、刀剣商『山城屋』の裏口に進んだ。

「御免下さい」

佐助は、『山城屋』の裏口から声を掛けた。

返事はない。
佐助は、裏口の板戸を引いた。
裏口の板戸に錠は掛けられていなく、僅かに開いた。
佐助は、板戸が開くと京之介に目配せした。
京之介は頷き、佐助に代わって裏口の板戸を開けた。
裏口の中は薄暗い台所であり、人のいる気配は窺えなかった。
京之介は、薄暗い台所に入った。
台所の框《かまち》に草鞋《わらじ》の痕が残されていた。
「佐助……」
京之介は、佐助に草鞋の痕を示し、行き先を追った。
草鞋の痕は、台所の框から廊下を通って居間に続いていた。
京之介は、佐助と共に居間に向かった。
血の臭い……。
京之介は、居間から血の臭いが漂っているのに気付いた。
「京之介さま……」

佐助も血の臭いに気付いた。

「うむ……」

京之介は、辺りを警戒しながら居間の障子を開けた。

血の臭いが溢れ出た。

京之介は、思わず眉をひそめた。

居間には初老の女と若いお店者が、血塗《ちまみ》れになって死んでいた。

京之介は、初老の女と若いお店者の様子を検めた。

二人は額や肩を斬り付けられ、止《とど》めに首の血脈《けつみゃく》を断たれていた。

「京之介さま……」

「血の乾き具合から見て、二人が殺されたのは昨日だな」

京之介は読んだ。

「昨日ですか……」

「うむ。おそらく仏は、お内儀の千代と手代の甚八だろう」

京之介は、二人の死体の身許を読んだ。

「で、義兵衛は小柄で白髪の年寄りだ」

「はい……」

京之介と佐助は、『山城屋』の中に主の義兵衛を捜した。

店、三つの座敷、刀蔵、奉公人の部屋、納戸……。

京之介と佐助は、『山城屋』の隅々に義兵衛を捜した。だが、義兵衛はいなく、その死体もなかった。

「誰かに連れ去られたんですかね」

佐助は眉をひそめた。

「うむ……」

京之介は頷いた。

「根来忍びですか……」

「だったら良いが、裏柳生の仕業かもな」

「裏柳生の仕業……」

佐助は戸惑った。

裏柳生の背後には水戸藩がおり、義兵衛と繋がっている筈だ。

「水戸藩が数珠丸恒次を手に入れた秘密を知る山城屋義兵衛。水戸藩にとっては既に目障《めざわ》り、口を封じるかもしれぬ」

京之介は、厳しい睨みを見せた。

第三章　闇に潜む者

一

　渋谷川は、田畑の間を目黒に向かって流れていた。

　木賃宿の主で根来忍びの組頭の喜十は、渋谷川沿いの田舎道を北に曲り、金王八幡宮に向かった。

　楓は、充分に距離を取って慎重に尾行《つけ》た。

　金王八幡宮は参拝客も少なく、小鳥の囀りだけが響いていた。

　喜十は、本殿に手を合わせて境内の片隅にある茶店に寄り、老亭主に茶を頼んだ。

誰かと逢うのか……。

楓は、境内の隅の木立の陰から見守った。

喜十は、参拝して茶店で茶を飲む為だけに金王八幡宮に来たのではない。

楓は睨み、茶店の縁台に腰掛けて茶を飲む喜十を見守った。

僅かな時が過ぎ、深編笠を被った武士がやって来て喜十の隣に腰掛けた。

喜十の相手だ……。

楓は、深編笠の武士が喜十の相手だと見定めた。

喜十と深編笠の武士は、老亭主の持って来た茶を飲んだ。

楓は、喜十と深編笠の武士が湯呑茶碗で口元を隠しながら言葉を交わしているのに気が付いた。

深編笠の武士は根来忍び……。

楓は見定めた。

深編笠の武士を追えば、根来の総帥白虎に辿り着くのかもしれない。

四半刻が過ぎた。

喜十は、深編笠の武士を残して茶店を出た。

どうする……。

楓は迷い、躊躇った。

喜十は、金王八幡宮の境内から出て行った。

楓は、深編笠の武士を尾行る事にした。

深編笠の武士は、老亭主に茶代を払って茶店を出た。

楓は木陰を出た。

深編笠の武士は、金王八幡宮を出て渋谷川に向かった。

楓は追った。

深編笠の武士は、渋谷川の岸辺で立ち止まった。

楓は、素早く物陰に潜んだ。

深編笠の武士は振り向いた。

気付かれたか……。

楓は、苦無を握り締めた。

「裏柳生か……」

楓は、背後からの声に振り返った。
喜十が冷笑を浮かべていた。
気付かれていた……。
楓は、咄嗟に地を蹴って宙に跳んだ。
深編笠の武士が棒手裏剣を放った。
棒手裏剣は、宙に跳んだ楓の背中に突き立った。
楓は仰け反り、体勢を崩して畑に落ちた。
喜十は、忍び刀を構えて楓に迫った。
楓は、必死に畑の中を転がって渋谷川に落ちた。
水飛沫が煌めいた。
楓は、渋谷川深くに沈んで川底を素早く移動した。
投げ込まれた棒手裏剣が、細かい泡の尾を引いて楓の落ちた場所を次々と貫いた。
楓は、川底の石や泥を摑んで浮かぶのを堪《こら》え、投げ込まれる棒手裏剣を躱した。
喜十と深編笠の武士は、楓が川の流れに乗って逃れると読み、下流を捜した。
楓は息を止め、川底を上流に這い進んだ。

だが、息を止めている限界が近付いた。

息を吐けば居場所を知られ、喜十と深編笠の武士は棒手裏剣を投げ、襲い掛かって来る。

楓は、必死に息を止めて川底を上流に進んだ。そして、岸辺に雑草の垂れ下がっている窪みを見付けた。

楓は、窪みに顔を僅かに出して素早く息を継ぎ、辺りを窺った。

喜十と深編笠の武士は、十間程下流の岸辺で川の流れを窺っていた。

楓は、微かな安堵を覚えると共に背中に突き刺さった棒手裏剣の激痛を感じた。

いずれにしろ気付かれる……。

楓は焦った。

とにかく逃げる……。

楓は再び川底に潜り、岸辺伝いに上流に進んだ。

小石川御門前水戸藩江戸上屋敷は、表から見た限り変わった様子はなかった。

京之介は、小石川御門内から水戸藩江戸上屋敷の門前を窺った。

門前には、根来忍びが潜んでいる気配は窺えない。

佐助が、水戸藩江戸上屋敷の裏手からやって来た。

「どうだった」

「はい。中間の幸助に聞いたんですが、牢に囚《とら》われている者もいなく、上屋敷に変わった事はないようです」

佐助は告げた。

「山城屋義兵衛はいないか……」

「きっと……」

「それに、もしも義兵衛が囚われているなら、忍んでいる楓から何らかの報せがあるか……」

「ええ……」

京之介と佐助は、楓が根来忍びのくノ一蛍を追って水戸藩江戸上屋敷を出た事を未だ知らなかった。

「よし。本郷の中屋敷に行ってみよう」

京之介は、小石川御門内を出た。

刀剣商『山城屋』義兵衛は、水戸藩と数珠丸恒次の拘わりの噂が事実だと証明出来る唯一の生き証人だ。それ故、根来忍びの背後に潜む者には得難い者であり、水戸藩にとっては秘密を知る邪魔者に過ぎないのだ。

もし、義兵衛が水戸藩に囚われているなら口を封じられる前に助け出し、数珠丸恒次を手に入れた真相を証言させる。そして、水戸藩の弱味として握り、汐崎藩支配に対する抑えの一つにする。

京之介は、佐助を従えて本郷追分の水戸藩江戸中屋敷に急いだ。

宮益町の木賃宿は、泊まり続けている行商人も商いに出掛けて閑散としていた。

蛍は、喜十の女房おもんの指示で木賃宿の女中として働いていた。

喜十が戻った。

蛍は、追って行った楓を捜した。だが、楓の気配は何処にもなかった。

どうした……。

蛍は戸惑った。

刻が過ぎた。

しかし、楓が戻った気配は窺えなかった。

楓の身に何かあったのか……。

蛍は、微かな不安を覚えた。

「一晩、泊めて戴けるかな……」

饅頭笠を被った旅の若い雲水が、錫杖《しゃくじょう》の鐶《かん》を鳴らしながらやって来た。

「はい。素泊まりなら三十五文、薪代は十文。前金ですが……」

蛍は告げた。

「分かりました。お願いします」

若い雲水は、饅頭笠を脱いで古い手拭で坊主頭に滲んだ汗を拭った。その若々しい顔は陽に焼けていた。

「旦那さん、おかみさん、旅のお坊さまがお泊まりですよ」

蛍は、木賃宿の中にいる喜十とおもんに声を掛けた。

「さあ、こちらにどうぞ……」

蛍は、若い雲水を渋谷川の岸辺に作られた足洗い場に誘った。

三田中寺丁に連なる寺々は、夜の帳《とばり》に包まれていた。

京之介は、寺の間の道を聖林寺に急いだ。

あれから京之介は、佐助と共に水戸藩江戸中屋敷に行き、刀剣商『山城屋』義兵衛が囚われているかどうか窺った。だが、そうした気配は窺われなかった。

京之介と佐助は、向島小梅《こうめ》村の水戸藩江戸下屋敷にも足を伸ばした。だが、江戸下屋敷にも義兵衛が囚われている様子はなかった。

義兵衛は、水戸藩ではなく裏柳生の拘わる処に囚われているのかもしれない。

京之介は、義兵衛を連れ去った者が裏柳生ではなく、根来忍びなのを願った。

根来忍びなら、水戸藩の弱味を知っている義兵衛を簡単に殺す筈はない。

いずれにしろ、出直すしかない……。

京之介は、佐助を汐崎藩江戸上屋敷に帰し、聖林寺に戻って来た。

聖林寺裏庭の家作は暗く、虫の音に包まれていた。

京之介は、暗い家作の土間に入り、微かな違和感を覚えた。

出掛けた時と何かが違う……。

京之介は、暗い土間に続く板の間と奥の座敷を窺った。

板の間の隅の暗がりに人が蹲《うずくま》っていた。
誰だ……。
京之介は、油断なく蹲っている人を窺った。
女……。
京之介は、蹲っているのが女であり、楓だと気付いた。
「楓……」
京之介は、楓に近付いた。
楓は、高い熱を出して気を失っていた。
「酷《ひど》い熱だ……」
京之介は、行燈に火を灯して座敷に蒲団を敷き、楓を寝かせようと抱き上げた。
その時、京之介は楓の背中に棒手裏剣が突き刺さっているのに気付いた。
棒手裏剣……。
京之介は、楓を蒲団に寝かせて背中に突き刺さっている棒手裏剣を引き抜いた。
この棒手裏剣……。
京之介は、棒手裏剣が広尾で己を襲った物と同じなのに気付いた。

深編笠の武士……。
京之介は、楓が深編笠の武士と闘ったのを知った。
楓は、苦しげな呻きを微かに洩らした。
「楓。しっかりしろ、楓……」
京之介は、楓の着物を脱がして背中の傷の手当てをした。
棒手裏剣の刺さっていた背中の傷は、幸いにも命に拘わる程の深手《ふかで》ではなかった。
それにしては高い熱だ……。
京之介は、棒手裏剣に付いている楓の血を拭った。
棒手裏剣には微かな膏《あぶら》が滲んでいた。
京之介は、微かな膏に毒が混じっているのに気付いた。
毒……。
楓は、毒を塗った棒手裏剣を背中に受けて必死に逃げて来たのだ。
背中の傷より、毒に対する手当てだ……。
京之介は、楓の手当てを急いだ。
楓は高熱に五体を小刻みに震わせ、苦しげに呻いた。

虫の音は木賃宿を覆っていた。

木賃宿の明かりは囲炉裏《いろり》の種火だけになり、雑多な泊まり客の鼾《いびき》や寝息が重なり合って響いていた。

蛍は、広間の傍の納戸を兼ねた小部屋で寝ていた。

楓は戻って来なかった。

どうしたのだ……。

蛍は気になった。

広間に人の動く気配が微かにした。

主の喜十とおもんは、台所と納戸の奥にある部屋で眠っている。

雑多な泊まり客たちは、その日の道中に疲れ果てて泥のように眠り込んでいる筈だ。

誰が起きているのだ……。

蛍は、人の動く微かな気配を追った。

虫の音が止んだ。

人の動く微かな気配は、泊まり客の寝ている広間から外に出て行った。

厠《かわや》に行ったのか……。

蛍は、寝返りを打った。

何故だ……。

虫の音は消えたままだ。

蛍は、人が木賃宿を出る前に鳴き止んだ虫に微かな戸惑いを覚えた。

蛍は、板戸の隙間を覗いた。

外から旅の若い雲水が入って来た。

厠に行ったのは若い雲水だった。

蛍は見定めた。

その時、若い雲水が蛍のいる納戸を見た。

蛍は、板戸の隙間から思わず身を引いて気配を消した。

若い雲水は、蛍が覗いていたのに気付かなかったのか、己の寝床に戻って行った。

蛍は、小さな吐息を洩らした。

木賃宿の外で再び虫が鳴き始めた。

何故、虫は今になって鳴き始めたのだ……。

蛍は戸惑った。


夜は明けた。

京之介は、浄雲の手を借りて楓に毒消しを飲ませ、看病を続けた。

浄雲は、楓の容体を診た。

「うむ。熱は僅かだが下がったな」

「では……」

「毒消しがどうにか効いたのだ。おそらく命は助かるだろう」

「良かった……」

京之介は安堵した。

「だが、毒は未だ身体に残っている。直ぐには動かぬ方が良いな」

「はい。暫く此処で養生させます」

京之介は頷いた。

「うむ。それが良い」

楓の寝息はか細く弱々しいが、一定の間隔に落ち着いていた。

「よし。ならば、儂も一眠りするか……」

「忝のうございました」

「礼には及ばぬ。ではな……」

浄雲は、大きく背伸びをしながら家作から出て行った。

京之介は、浄雲を見送って楓の額の濡れ手拭を取り替えた。

楓は、眼を僅かに開けた。

「おお、気が付いたか」

京之介は微笑んだ。

「すまぬ……」

楓は、己が京之介によって助けられたのだと知り、詫びた。

「いや。棒手裏剣に毒が塗ってあってな。浄雲さまが助けてくれた」

「浄雲さまが……」

「うむ。して、何があったのだ……」

京之介は問い質した。

「うん……」

楓は、身を起こそうとした。

「ならぬ……」

京之介は制した。

「身体に未だ毒が残っている。動かぬ方が良いそうだ」

「そうか……」

楓は、身を横たえて眼を瞑った。

「船宿青柳の者が皆殺しにされ、蛍は水戸藩の上屋敷を脱け出した……」

「蛍が脱け出した」

「ああ。それで……」

楓は、眼を瞑ったまま蛍と己の動きを京之介に語った。

「宮益町の木賃宿か……」

「うむ、渋谷川の岸辺にある」

「その木賃宿の主が根来忍びの組頭なのだな」

「そうだ。喜十と云う男だ。それで……」

楓は、出掛けた喜十を尾行てからの顚末《てんまつ》を話した。

「その深編笠の武士、私を襲った者に違いあるまい」

「うむ……」

「それから楓、裏柳生に坊主頭の忍びはいるか……」

「坊主頭の忍び……」

楓は眉をひそめた。

「知っているか……」

「五郎丸《ごろうまる》だ……」

「五郎丸……」

「ああ。裏柳生の小頭だ」

「そうか……」

坊主頭の男は、五郎丸と云う名の裏柳生の忍びの小頭だった。

「現われたか、五郎丸が……」

「おそらく左馬之介の代わりだろう」

「うむ……」

楓は、眼を瞑ったまま疲れたような吐息を洩らした。

「よし。楓、身体から毒のすべてが脱ける迄、此処で大人しく養生するのだ」

京之介は、楓に云い聞かせた。

白い障子は、昇る朝陽に眩《まぶ》しく輝いた。

二

宮益町の外れ、渋谷川傍の木賃宿……。

京之介は、根来忍びの隠れ宿である木賃宿の場所が気になった。

裏柳生の左馬之介が金王八幡宮に行ったのは、おそらく近くに根来忍びの隠れ宿があると知っての事なのだ。そして、深編笠を被った武士は、やはり根来忍びだった。

根来忍びの本陣は、渋谷川沿いの何処かにあるのかもしれない。

渋谷川沿いには、金王八幡宮の他にも氷川《ひかわ》宮寶泉寺《ほうせんじ》や吸江寺《きゅうこうじ》、鷲峯寺《しゅうほうじ》や室泉寺《しっせんじ》、福正寺《ふくしょうじ》、大祥寺《だいしょうじ》などの寺院があり、大名家の江戸下屋敷も数多くあった。

根来忍びの本陣は、そうした寺院や大名家下屋敷の何処かにあり、総帥の白虎がいるのかもしれないのだ。そして、根来忍びが刀剣商『山城屋』義兵衛を連れ去ったのなら、おそらく白虎の許にいる筈だ。

京之介は読み、宮益町の木賃宿に向かった。

渋谷川沿いの広尾には、堀田宗憲が養生している汐崎藩江戸中屋敷がある。

京之介は、不意に焦点の定まらぬ眼で庭を眺めている宗憲を思い出した。


水戸藩江戸家老本田修理は、募る苛立ちを懸命に抑えていた。

「本田さま、お呼びにございますか……」

御刀番神尾兵部は、本田の用部屋を訪れた。

「神尾。今日、城中で紀伊藩付家老《つけがろう》の安藤《あんどう》さまに、水戸家はいつから法華《ほっけ》に執心するようになったのだと、嫌味を云われた」

法華とは日蓮上人を祖とする宗派の一つである。

「安藤さまに……」

神尾は眉をひそめた。

紀伊田辺《たなべ》城主安藤家は、家康公が紀伊徳川家初代藩主頼宣《よりのぶ》の付家老にした程の家だ。

「どうやら、数珠丸恒次に拘わる噂、紀伊藩にも聞こえ始めたと見える」

「そのようですな」

神尾は頷いた。

「神尾。このままでは尾張藩や御公儀の耳に入るのに時は掛からぬ。最早《もはや》、猶予はならぬ。根来忍びと背後に潜む者、数珠丸恒次諸共早々に始末致すのだ」

本田は、苛立ちを抑えて云い放った。

「数珠丸恒次諸共……」

神尾は戸惑った。

「左様、数珠丸恒次が此の世から消え去れば、何事もなかったことに出来る。良いな、神尾。裏柳生の清源や五郎丸にも数珠丸恒次を始末しろと伝えい」

本田は、無表情に命じた。

「はっ……」

神尾は平伏した。

水戸藩御刀番の神尾兵部は、江戸上屋敷を出て神田川沿いを西に向かった。

佐助は、神尾を尾行る者がいないのを見定めて追った。

神田川はやがて外濠となり、江戸城を取り囲んでいる。

神尾は、外濠沿いを足早に進んだ。

何処に行くのか……。

佐助は、慎重に神尾を追った。


宮益町の外れ、渋谷川の岸辺の木賃宿は長逗留の行商人も商いに出掛け、静けさが漂っていた。

京之介は、腰高障子の開け放たれた木賃宿を窺った。

木賃宿に客はいなく、若い女中が囲炉裏端の掃除をしていた。

蛍……。

京之介は、若い女中を根来忍びの蛍だと見定めた。

木賃宿の横手では、主らしき中年の男が薪を割っていた。

木賃宿の亭主で根来忍びの組頭の喜十……。

京之介は、喜十が向島で裏柳生の忍びを吹き飛ばした根来忍びだと気付いた。

喜十の女房のおもんは、木賃宿の中の何処かにいるのだ。

楓の話では、喜十は金王八幡宮で深編笠の武士と逢った。

深編笠の武士は、おそらく根来忍びの総帥白虎の使いなのだ。

いずれにしろ、根来忍びの本陣は近くにあり、そこに総帥の白虎がいる。

京之介は、喜十が動くのを待った。

神尾兵部は、四ッ谷忍町にある正福寺の庫裏《くり》に入った。

佐助は見届けた。

神尾は、何をしに正福寺に来たのだ。

忍び込むか……。

だが、相手は裏柳生であり、軽業《かるわざ》師あがりの佐助の敵《かな》う相手ではない。そして、京之介にも危ない真似はするなと、厳しく釘を刺されている。

佐助は迷った。

庫裏から老寺男の宇平が現われ、横手に廻って行った。
佐助は、土塀沿いを走り、庫裏の横手に廻った。

鳩の鳴き声が聞こえた。
佐助は、土塀の上に跳んで潜んだ。
正福寺の庫裏の横手の鳩小屋では、宇平が鳩の足に小さな竹筒を結んでいた。
小さな竹筒には、固く巻いた手紙が入っているのだ。
佐助は睨んだ。
宇平は、小さな竹筒を足に結んだ鳩を両手に持った。
「さあ、五郎丸さまに報せろ……」
宇平は、報せ鳩を空に放った。
報せ鳩は羽音を鳴らし、正福寺の上を一廻りして西南の空に向かって飛び去った。
五郎丸……。
神尾兵部は、報せ鳩を使って五郎丸という者に何かを報せた。
佐助は読んだ。

五郎丸とは何者なのだ……。

佐助は、京之介から聞いた裏柳生の坊主頭の男を思い浮かべた。


喜十は、割った薪を軒下に積んで木賃宿に戻った。

蛍は、木賃宿の前の掃除を始めた。

京之介は見守った。

饅頭笠を被った雲水が、錫杖の鐶を鳴らしてやって来た。

京之介は、物陰に潜んで雲水を見守った。

「働き者だね、蛍さんは……」

「あら、お坊さま、托鉢、もう終わったんですか……」

蛍は、雲水に笑い掛けた。

「うむ。ちょいと足を痛めてね。托鉢は早仕舞いだ。今夜も泊めて貰いますよ」

雲水は、そう云いながら饅頭笠を脱いだ。

坊主頭の男……。

京之介は、雲水が小石川御門前で斬り付けて来た着流しの坊主頭の男だと気付いた。
「そうですか、どうぞどうぞ……」
蛍と雲水は、木賃宿に入って行った。
裏柳生の五郎丸……。
雲水は、楓の云っていた裏柳生の忍びの小頭、五郎丸なのだ。
京之介は見定めた。
五郎丸は、木賃宿が根来忍びの隠れ宿と知って泊まっているのだ。
京之介は睨んだ。
ならば……。
京之介は、微かな緊張を覚えた。
饅頭笠を被った雲水の一団が、渋谷川の向こうの道玄坂《どうげんざか》に現われた。
裏柳生……。
京之介の勘が囁いた。
雲水の一団は、渋谷川に架かる木橋を渡り始めた。
京之介は迷った。

喜十に教えるか、成り行きを見守るか……。

京之介は、木賃宿の中を窺った。

五郎丸は囲炉裏端で寛《くつろ》ぎ、蛍は喜十やおもんと台所で仕事をしていた。

今、五郎丸たち裏柳生の忍びが木賃宿を襲えば、喜十、おもん、蛍の三人は一溜りもなく叩き潰される。そして、五郎丸たち裏柳生の忍びは、喜十を責めて根来忍びの総帥白虎の居場所を吐かせるつもりなのだ。

京之介は睨んだ。

喜十とおもんはともかく、蛍は助けなければならない。

京之介は、楓が蛍を根来忍びから抜けさせたいと願っているのを知っていた。

楓の為にも蛍だけは助けるか……。

京之介は苦笑した。

木橋を渡った雲水の一団は、木賃宿に殺到した。

喜十は、逸早《いちはや》く雲水たちの動きに気付いた。

「おもん、蛍、裏柳生だ……」

喜十は叫び、おもんや蛍と木賃宿の奥に逃げようとした。

五郎丸は囲炉裏端から跳び、喜十、おもん、蛍の前に立ちはだかった。

喜十、おもん、蛍は驚き、怯んだ。

雲水たちが木賃宿に雪崩《なだ》れ込み、喜十、おもん、蛍を取り囲んだ。

「根来忍びの喜十、総帥の白虎は何処にいる」

五郎丸は、冷酷な薄笑いを浮かべた。

「おのれ、何者だ」

喜十は、怒りに声を震わせた。

「裏柳生の五郎丸……」

五郎丸は、喜十の怒りを嘲笑った。

「五郎丸……」

喜十は、五郎丸を睨み付けた。

「白虎は何処にいる。吐け」

「知らぬ……」

喜十は突っぱねた。

五郎丸は、錫杖に仕込んだ直刀を抜いた。

「云ってはならぬぞ、蛍……」

喜十は、蛍に向かって叫んだ。

蛍は戸惑った。

「蛍だと……」

五郎丸たち裏柳生の視線が蛍に向いた。

刹那、喜十は竈《かまど》に火薬玉を投げ込んで土間を蹴り、裏口から外に跳んだ。

火薬玉が爆発し、竈から炎が噴き出した。

五郎丸と雲水たちは、噴き出した炎を浴びて思わず囲みを崩した。

おもんは、崩れた囲みを破って表に逃げた。

蛍は続いた。

「蛍を捕らえろ」

五郎丸は、雲水たちに命じて喜十を追った。

雲水たちは、おもんと蛍を追って表に走った。

喜十は、裏口から出て来た五郎丸に手裏剣を連射した。

五郎丸は、咄嗟に直刀で叩き落とし、物陰に隠れて躱した。

喜十は、その隙を衝いて木賃宿の裏の雑木林に走った。

五郎丸は追った。


喜十は私を餌にした……。

蛍は、喜十に怒りを覚えながら襲い掛かる雲水たちと闘った。

雲水たちは、錫杖の先から鎖の付いた分銅を出し、頭上で廻しながら蛍とおもんを取り囲んだ。

おもんは忍び鎌を振るい、蛍は苦無を閃かせた。

雲水たちは、分銅を次々に放った。

鎖は伸び、先に付いた分銅が土を抉《えぐ》り、木を折り、岩を砕いた。

蛍とおもんは、仰け反り、転がり、跳んで必死に躱した。

喜十は、枯葉を蹴散らして雑木林を走った。

五郎丸は、喜十を追いながら十字手裏剣を連射した。

喜十は躱し、応戦した。

雑草は千切れ、枯葉が舞い上がった。


雲水は、錫杖を鋭く振った。

鎖が伸び、分銅がおもんの忍び鎌を握る手の甲を激しく打った。

乾いた音が鳴った。

おもんは、忍び鎌を握る手の甲の骨を砕かれ、思わず立ち竦《すく》んだ。

三人の雲水が、忍び刀を構えておもんに背後と左右から体当たりをした。

おもんは、三方から忍び刀を突き刺されて苦悶《くもん》に顔を激しく歪めた。

蛍は、苦無を振るっておもんを刺した三人の雲水に躍り掛かった。

三人の雲水は、素早く跳び退いた。

「おもんさん……」

蛍は、血塗れのおもんを支えようとした。だが、おもんは既に息絶えており、棒のように倒れた。

雲水たちは、攻撃の鋒先を蛍に集中した。

蛍は、雲水たちに取り囲まれた。

退き口はない……。

雲水たちは、追い詰めた獲物を弄《もてあそ》ぶかのように蛍を攻め立てた。

蛍は着物を斬り裂かれ、無数の浅手を負って息を乱した。

「女、総帥の白虎は何処にいる」

「知らぬ」

蛍は、嗄れ声を震わせた。

「惚《とぼ》けると死ぬ事になるぞ」

「本当だ。私は知らぬ。喜十は己が逃げる為に私を餌にしただけだ」

蛍は、虚しさを覚えた。

「そいつが本当かどうか、ゆっくり身体に訊いてやる」

雲水たちは、嘲笑を浮かべて包囲を縮めた。

忍びの責め程、残虐なものはない……。

蛍の脳裏に楓の言葉が蘇った。

忍びを抜けろ……。
蛍は、楓の言葉を懐かしく思い出しながら死を覚悟した。
「そうはさせるか……」
蛍は、死を覚悟して雲水の一人に苦無で突き掛かった。
雲水は、蛍の苦無での突きを躱して錫杖の先の分銅を放った。
分銅は、鎖を伸ばして蛍の足に絡み付いた。
雲水は、錫杖を引いた。
蛍は、引き摺り倒された。
残る雲水たちは、倒れた蛍に殺到した。
刹那、塗笠を目深に被った京之介が現われて霞左文字を一閃した。
雲水の一人が血を飛ばして仰け反った。
残る雲水たちが驚き、背後に跳んで間合いを取ろうとした。
忍びの者を相手に間合いを取れば、手裏剣や火薬玉の攻撃に曝《さら》される。
京之介は、間合いを取るのを許さず、雲水たちの見切りの内から離れなかった。
そして、霞左文字を鋭く閃かせた。

雲水たちは、利き腕の手の親指を斬り飛ばされ、錫杖や刀を落とした。

「お、おのれ……」

親指を斬り飛ばされて錫杖を落とした雲水は、火薬玉を握り締めて京之介に体当たりしようとした。

南無阿弥陀仏……。

京之介は、霞左文字を横薙ぎに放った。

霞左文字は閃光となり、火薬玉を握り締めた雲水の首を斬り落とした。

雲水の首は、血を振り撒きながら地面に転がった。

残る雲水たちは怯み、蛍は眼を瞠った。

京之介は、霞左文字を提《さ》げて雲水たちに近付いた。

霞左文字の鋒《きつさき》から血が滴り落ちた。

京之介は、雲水の一人に嗤い掛けた。

嗤い掛けられた雲水は、恐怖に衝き上げられて身を翻して逃げた。

他の雲水たちは、我先に続いた。

京之介は、雲水たちが逃げ去ったのを見定め、蛍を振り返った。

蛍はいなかった。
逃げたか……。
京之介は苦笑した。

喜十は逃げ続けた。
五郎丸は、雑木林を逃げる喜十に十字手裏剣を連射した。
喜十は、背中に十字手裏剣を受けて仰け反り、窪みに倒れ込んだ。
仕留めた……。
五郎丸は、窪みに追って入った。
刹那、窪みで爆発が起こった。
五郎丸は、咄嗟に宙に跳んだ。
爆発の炎は大きく広がり、宙に跳んだ五郎丸を包み込んだ。
爆発……。
喜十と五郎丸だ。

京之介は、爆発が木賃宿の裏手の雑木林で起きたと見定めて走った。
雑木林での爆発は治まり、黒い煙が漂っていた。
京之介は、爆発の跡を慎重に検めた。
喜十と五郎丸の死体はなかった。
忍びの者同士の闘いは、死体を見届けない限り、どうなったかは分からない。
京之介は苦笑した。

三

蛍は、渋谷川の岸辺を逃げた。
裏柳生の雲水たちから必死に逃げた。
蛍は、逃げながら背後を窺った。
追って来る者はいない……。
蛍は見定め、渋谷川の岸辺の茂みにへたり込み、乱れた息を懸命に整えた。

渋谷川の流れは、何事もなく煌めいていた。

蛍は顔を洗い、水を飲んで落ち着いた。

助けてくれた侍は何者なのか……。

蛍は、助けてくれた侍の顔を思い浮かべた。

初めて逢った侍だ……。

だが、雲水の首を一太刀で斬り飛ばした剣の冴えは尋常なものではない。

恐るべき遣い手……。

蛍は、思わず身震いした。

その得体の知れぬ侍は、何故に自分を助けてくれたのだ。

総帥の白虎の居場所を訊き出す為か……。

いずれにしろ、裏柳生に敵対する者に間違いはない。だが、味方だと云い切る確かなものもないのだ。

何者なのだ……。

蛍は、混乱を募らせた。

四ッ谷忍町の正福寺に変化はなかった。

神尾は入ったまま出て来る事はなく、駆け付けて来る者もいない。

住職の清源は正福寺から現われず、老寺男の宇平だけが境内の掃除などに姿を見せていた。

佐助は見張った。

宇平の飛ばした報せ鳩は、誰に何を報せたのか……。

時は過ぎた。

深編笠を被った武士が、通りからやって来た。

佐助は見守った。

深編笠を被った武士は、正福寺の門前に立ち止まって辺りを窺った。

佐助は、物陰に潜んで深編笠を被った武士を見守った。

深編笠の武士は、深編笠をあげて正福寺の様子を窺った。

佐助は戸惑った。

六人の人足たちが葛籠《つづら》を積んだ大八車《だいはちぐるま》を引いて現われ、深編笠を被った武士の背後に停まった。

何者だ……。

佐助は、深編笠を被った武士と六人の人足たちが尋常な者ではないのに気付いた。

根来忍びか……。

佐助は緊張した。

深編笠を被った武士は、正福寺の山門を潜って境内に入った。

六人の人足たちは、葛籠を積んだ大八車を引いて続き、素早く山門を閉めた。

何をする気だ……。

佐助は戸惑った。

見定めなければ……。

佐助は、物陰を出て正福寺に走った。そして、地を蹴って正福寺の土塀の上に跳び、境内を窺った。

深編笠を被った武士は、六人の忍びの者と一緒にいた。

忍びの者たちは、六人の人足だった。

やはり根来忍び……。

佐助は、土塀の上から見守った。

深編笠を被った武士は本堂に進み、根来忍びの者たちは庫裏に走った。そして、腰高障子を蹴破って雪崩れ込んだ。

佐助は、土塀から飛び降りて庫裏に走った。

庫裏からは闘う物音が響いていた。

佐助は、庫裏の破られた戸口に身を寄せて中を窺った。

庫裏の中では、住職の清源と宇平が根来忍びと斬り合っていた。

清源と宇平は、年寄りとは思えない動きで根来忍びと闘っていた。

裏柳生の忍び……。

佐助は、清源と宇平が裏柳生の忍びの者だと見定めた。

清源と宇平は、根来忍びと闘いながら庫裏の奥へと廊下を後退した。

根来忍びの者たちは、清源と宇平を追って廊下に踏み込んだ。

刹那、廊下の壁から何本もの槍が弾かれたように突き出され、先頭の根来忍びの五体に突き刺さった。

根来忍びの者たちは思わず怯んだ。

正福寺は、裏柳生の忍者屋敷のようになっているのだ。

佐助は知った。

根来忍びの者たちは、廊下の壁から突き出された槍の間を脱けて奥に進んだ。

水戸藩御刀番の神尾兵部はいなかった。

佐助は戸惑った。

何処にいるのだ……。

佐助は、深編笠を被った武士が本堂に向かったのを思い出した。

本堂か……。

神尾は、深編笠を被った武士が本堂に侵入したのに気付き、駆け付けたのかもしれない。

佐助は本堂に走った。


本堂は薄暗かった。

佐助は、薄暗い本堂の片隅に潜んで様子を窺った。

刃の嚙み合う音が、本堂の裏手から微かに聞こえた。

佐助は、本堂の裏手に進んだ。

本堂の裏手には土蔵があり、神尾兵部と深編笠を被った武士が刀を構えて対峙していた。

佐助は、物陰に潜んで見守った。

「水戸藩御刀番神尾兵部か……」

深編笠を被った武士の声には、微かな嘲りが含まれていた。

「如何にも……」

神尾は、深編笠を被った武士に迫り、鋭い一刀を浴びせた。

深編笠を被った武士は跳び退いた。しかし、深編笠が斬り飛ばされ、武士の総髪で色の浅黒い顔が露わになった。

「白虎か……」

神尾は問い質した。

「違う……」

神尾は戸惑った。

「根来忍びの不動《ふどう》……」

深編笠を被っていた総髪の武士は、嘲笑を浮かべて名乗った。

「不動……」

神尾は眉をひそめた。

「左様。刀剣商の山城屋義兵衛の身柄、貰い受けに参った」

不動は告げた。

神尾は狼狽えた。

不動は嘲笑し、不意に棒手裏剣を連射した。

神尾は咄嗟に躱した。だが、二本目の棒手裏剣は、躱す間のなかった神尾の右脚の太股に突き刺さった。

神尾は、思わず膝をついた。

「口ほどにもないな。神尾……」

不動は、冷酷な笑みを浮かべて必死に立ち上がろうとする神尾に迫った。

刹那、十字手裏剣が不動に飛来した。

不動は、咄嗟に躱して物陰に隠れた。

清源が現われ、神尾を立ち上がらせた。

「裏柳生の清源か……」

不動は、嬉しげに嗤った。

宇平と三人の根来忍びの者たちが、闘いながら現われた。おそらく残る三人は、清源と宇平に斃されたのだ。

「清源さま、此処は私が引き受けます。神尾さまを連れて早くお逃げ下さい」

宇平は、根来忍びの者たちと闘いながら叫んだ。

「宇平……」

「早く……」

宇平は、清源と神尾を逃がそうとした。だが、三人の根来忍びの者たちは、清源と神尾の退路を塞いだ。

「神尾、数珠丸恒次を苦労して手に入れて来た義兵衛を、都合が悪くなると始末しようとするか。水戸藩とは非情なものだな」

不動は嘲笑った。

「おのれ……」

宇平は、猛然と不動に斬り掛かった。
不動は、刀を翳して迫る宇平に棒手裏剣を投げた。
宇平は、至近距離からの棒手裏剣を胸に受けながら不動に組み付いた。
火薬の臭いが僅かに漂った。
不動と三人の根来忍びの者たちは驚いた。
清源は、神尾を連れて逃げた。
不動は、組み付いた宇平を振り払い、大きく跳び退いて伏せた。
三人の根来忍びは、不動に倣《なら》った。
宇平は爆発した。
爆発は一帯を煙に包んだ。
不動と根来忍びたちは、煙が落ち着くのを待った。
宇平は、懐に仕込んであった炮烙玉を爆発させたのだ。
爆発の煙は次第に薄れた。
清源と神尾は、既に逃げ去っていた。
宇平は、己の命を犠牲にして清源と神尾を逃がしたのだ。

佐助は、宇平の裏柳生の忍びとしての凄まじさに震えた。

「土蔵だ……」

不動は、三人の根来忍びを促した。

三人の根来忍びは土蔵に入り、縛られてぐったりしている白髪の小柄な老人を担ぎ出して来た。

刀剣商『山城屋』義兵衛……。

佐助は、義兵衛が水戸藩の意を受けた裏柳生に拉致されていたのを知った。

根来忍びの不動は逸早くそれを摑み、数珠丸恒次入手の生き証人である義兵衛を抑えたのだ。

不動は、根来忍びに命じて義兵衛と斃された三人の配下の死体を葛籠に入れ、大八車に積んで正福寺を離れた。

義兵衛を何処に連れて行くのだ。

佐助は追った。

根来忍びは人足に姿を変え、大八車を引いて忍町の左門横町を六道辻に向かった。

不動は殿《しんがり》を務め、追手を警戒しながら大八車を引く人足たちに続いた。

佐助は、充分に距離を取って慎重に尾行た。

六道辻から青山に出て、そのまま進めば宮益町になり、根来忍びの隠れ宿である木賃宿に行き着く。

行き先は木賃宿……。

佐助は読んだ。

人足たちは大八車を引き、六道辻から青山に入った。そして、宮益町の手前、百人町の組屋敷の間の道を長者《ちょうじゃ》ヶ丸《まる》に向かった。

佐助は、己の読みが外れたのに戸惑った。

長者ヶ丸は、原宿村の隣にあり、長谷寺の裏手に広がる田畑だ。その名の謂《いわ》れは渋谷長者、黄金長者と称されるお大尽《だいじん》がいたという伝説から来ていた。

大八車を引く人足たちは、長者ヶ丸の田舎道を進み、長谷寺の裏手にある生垣に囲まれた古い寮の木戸門を入った。

不動は、寮の前で田舎道と緑の田畑を鋭く見廻し、木戸門を潜った。

佐助は、遠くの田畑に這い蹲《つくば》って見届けた。

根来忍びの隠れ宿……。

佐助は緊張を解き、仰向けになって手足を伸ばし、無事に見届けた安堵に浸った。

燃える炎は、囲炉裏端に座っている京之介、佐助、楓の板壁に映る影を揺らした。

「それで、蛍は姿を消したのか……」

楓は眉をひそめた。

「うむ。何者か知れぬ私を信じる訳にはいかなかったのであろう」

京之介は苦笑した。

「うむ。何れにしろ裏柳生に殺されずに済んで良かった。この通りだ」

楓は、京之介に頭を下げた。

「礼には及ばぬ」

「それにしても、喜十と裏柳生の五郎丸、爆発で吹き飛ばされたんですかね」

佐助は首を捻った。

「いや。おそらく火薬を仕掛けて置いたのは喜十。それに易々《やすやす》と誘いに乗る五郎丸ではない。怪我をしたかも知れぬが、二人とも死んではおらぬだろう」

楓は読んだ。

「そうか……」

京之介は頷いた。

「宮益町の木賃宿が潰れたら、長者ヶ丸の寮ですか……」

佐助は苦笑した。

「佐助、深編笠を被った根来忍び、不動と云うのか……」

「はい……」

佐助は、不動が配下の根来忍びを従えて正福寺に侵入し、老寺男の宇平を自爆に追い込み、神尾兵部に棒手裏剣を撃ち込み、囚われていた刀剣商『山城屋』義兵衛を連れ去った顛末《てんまつ》を京之介に報せた。

「義兵衛を連れ去った先が長者ヶ丸の寮か……」

「はい」

「根来忍びと背後に潜む者は、これで数珠丸恒次と水戸藩の所業を知る生き証人の義兵衛を手に入れた」

京之介は、満面に厳しさを浮かべた。

「水戸藩、弱味を握られたな」

楓は苦笑した。

「うむ。だが、水戸藩の弱味は私が握る」

京之介は、静かに告げた。

「京之介さま……」

佐助は緊張した。

「山城屋義兵衛の身柄を抑え、水戸藩に汐崎藩への手出し口出し、これ以上させぬ為にな」

京之介は告げた。

「では京之介さま、長者ヶ丸の寮に……」

佐助は身を乗り出した。

「うむ。そこに総帥の白虎もいるかもしれぬ。乗り込むしかあるまい」

京之介は、無造作に云い放った。

「よし。私も一緒に行こう」

楓は微笑んだ。

「大丈夫か……」

京之介は、毒を撃ち込まれた楓の身体を心配した。

「毒は脱けたが、不動への恨みは脱けぬ」

楓は、怒りを過ぎらせた。己に毒を塗った棒手裏剣を撃ち込んだ不動を放っておけないのだ。

「分かった。だが、来るのなら私の企て通りにして貰う」

京之介は、楓を見据えて告げた。

「承知した」

楓は頷いた。

「よし……」

京之介は、不敵な笑みを浮かべた。

囲炉裏で燃える火が爆《は》ぜ、火の粉が四方に飛び散った。

燭台に灯された火は、抜き放った霞左文字の一寸半やや広めの身幅に映《は》えた。

京之介は、手入れを終えた霞左文字の茎《なかご》を見た。茎には〝左〟の一文字が力強く刻まれていた。

我が家に秘かに伝えられた霞左文字……。

京之介は、霞左文字の妖しく輝く刀身を見詰めた。

霞左文字の身幅に映る京之介の顔には、恍惚《こうこつ》とした笑みが湧き上がった。


長者ヶ丸の田畑の緑は風に揺れた。

風に揺れる田畑の緑の向こうに、生垣に囲まれた寮があった。

京之介は塗笠を被り、田畑の間の道を生垣に囲まれた寮に向かってゆっくりと進んだ。

寮に続く田舎道は一本道であり、近付く者を容易に見付けられた。だが、それだけに見通しも良く、佐助は寮に近付く事もなく不動が義兵衛を連れ込んだのを見届けられたのだ。

護りも過ぎれば弱点になる……。

京之介は苦笑し、寮から見張っている根来忍びを意識しながら田舎道を進んだ。

生垣に囲まれた寮には、不動たち根来忍びの他に刀剣商『山城屋』義兵衛が囚われている。そして、根来忍びの総帥白虎もいるのかもしれない。

鬼が出るか仏が出るか……。

義兵衛を奪い取る事が出来るか……。

汐崎藩を水戸藩の陰の支配から解き放つには、生き証人の義兵衛と数珠丸恒次を抑えて弱味を握るしかないのだ。

京之介は、五体に湧き上がる闘志に秘かに身震いをしながら進んだ。

闘う時は我一人、頼むは霞左文字の一刀のみ……。

京之介は、落ち着いた足取りで生垣に囲まれた寮に向かった。

殺気が、生垣に囲まれた寮から静かに湧き上がった。

根来忍び……。

京之介は、楽しげに微笑んだ。

風が吹き抜け、田畑の緑は大きく揺れた。

四

生垣に囲まれた寮は、静けさに覆われていた。

京之介は、木戸門の前に佇んで寮を見渡した。

寮には、殺気が満ち溢れていた。

根来忍びの者たちは、息を潜めて京之介の出方を窺っているのだ。

京之介は苦笑した。

根来忍びの不動は、京之介に棒手裏剣を放った事がある。それだけに、京之介の素性を知っている筈だ。

素性を知っての殺気なら、遠慮や容赦はいらない。

最早、小細工は無用……。

京之介は、木戸門を潜って寮の前庭に踏み込んだ。

寮を取り囲む生垣の内側には、忍び返しの付いた土塀と掘割が隠されていた。

忍者屋敷……。

京之介は、寮が忍者屋敷になっているのを見定め、戸口に向かった。

殺気が周囲から押し寄せた。

「止まれ……」

男の声が京之介を呼び止めた。

戸口の板戸が開いた。

京之介は立ち止まり、薄暗い戸口の中を窺った。

薄暗い戸口の中に不動がいた。

「左京之介か……」

「そうだ。不動……」

京之介は笑い掛けた。

「何をしに来た……」

不動は、己の名を知られているのに覚えた微かな戸惑いを隠し、問い質した。

「刀剣商の山城屋義兵衛の身柄、引き渡して貰いに参った」

京之介は告げた。

「山城屋義兵衛だと……」

「左様。昨日、お前たちが四ッ谷忍町の正福寺を襲って捕らえ、此処に連れ込んだのは知れている」

「義兵衛の身柄、渡せぬと申したら……」

「腕尽くで貰い受ける迄……」

京之介は静かに告げた。

「腕尽くで……」

不動は、微かな緊張を滲ませた。

「如何にも……」

京之介は頷いた。

「出来るかな……」

不動は嗤った。

同時に戸口の板戸が閉まり、四方から京之介に手裏剣が投げられた。

京之介は、宙に跳んで飛来した手裏剣を躱し、着地した。

根来忍びの者たちが現われ、忍び刀を抜いて京之介に殺到した。

京之介は、霞左文字を抜き打ちに閃かせた。

霞左文字は閃光となり、殺到する根来忍びの者たちを斬り裂いた。
根来忍びの者たちは怯んだ。
京之介は、怯んだ根来忍びの者たちに駆け寄り、鋭く斬り掛かった。
根来忍びの者たちは退いた。
京之介は、その隙を衝いて閉められた戸口に駆け寄り、板戸を蹴破った。

寮の中は薄暗かった。
京之介は、広い土間から薄暗い寮の中を透かし見た。
長い廊下が続いていた。
廊下の左手には部屋が並び、右手は雨戸が閉められていた。
根来忍びの姿はなかった。
京之介は苦笑し、土間の隅にあった空き樽を廊下に転がした。
空き樽は、音を立てて廊下の奥に転がった。
短弩《たんど》の矢が、並ぶ部屋から転がる空き樽に次々に射られて突き立った。
空き樽は、短弩の矢を受けて針鼠のようになって砕けた。

並ぶ部屋には、廊下を通る者に矢を射掛けるように短弩が仕掛けられているのだ。

忍者屋敷に仕掛けは付き物……。

京之介は苦笑した。

刹那、土間の天井から根来忍びの者たちが忍び刀を構えて京之介に襲い掛かった。

京之介は、頭上から襲い掛かる根来忍びの者たちに霞左文字を閃かせた。

根来忍びの者たちは、利き腕と足の腱を次々に斬られた。

利き腕を斬られた根来忍びの者たちは得物《えもの》を握れず、足首の腱を斬られた者は立つのも叶わず倒れ込んだ。

大勢の敵を相手にする時は、僅かな力で動きを封じるのが肝要《かんよう》だ。

京之介は、途切れる事なく襲い掛かる根来忍びと闘った。

霞左文字は煌めいた。

長谷寺の裏の雑木林は、生垣に囲まれた寮の裏手に続いていた。

楓と佐助は、雑木林に潜んで生垣に囲まれた寮の様子を窺っていた。

「斬り合いが始まったようだ」

楓は睨んだ。

「じゃあ……」

佐助は、緊張に小さく身震いした。

「うむ。生垣の向こうには、忍び返しの付いた土塀と掘割がある。一気に跳び越える」

楓は告げた。

「承知……」

佐助は、大きく頷いた。

「行くぞ……」

楓と佐助は、雑木林を走って地を蹴り、寮を囲む生垣の上に大きく跳んだ。

楓と佐助は、生垣と土塀、そして掘割を大きく跳び越えて寮の裏庭に降り、植込みの陰に素早く潜んだ。

寮の裏庭に人影はなかった。

「どうやら、京之介さまに斬られに行ったようだ」

佐助は、裏庭の警戒が手薄な理由を笑みを浮かべて読んだ。

「うむ。じゃあ、手筈《てはず》通りに……」

「承知……」

佐助は頷いた。

楓は、佐助を残して表に走った。

佐助は、根来忍びの者たちの秘かな出入口を探しに植込みの陰を走った。

寮の横手には、土蔵、作事《さくじ》小屋、納屋などがあった。

楓は、土蔵などを窺った。

土蔵の前には、二人の根来忍びの者がいた。

二人の根来忍びの者は、寮の土間の方を険しい眼差しで見詰めていた。

寮の土間の闘いに気を取られ、背後の警戒を怠っている……。

楓は見定め、二人の根来忍びの者の背後に忍び寄り、苦無を投げた。

苦無は、根来忍びの者の首に突き刺さった。

根来忍びの者は、微かな呻きを洩らしながら崩れ落ちた。

残る根来忍びの者は驚いた。

刹那、楓は残る根来忍びの者を背後から押え、喉元に苦無を突き付けた。

根来忍びの者は、身を捩《よじ》って振り返ろうとした。

楓は、黙ったまま容赦なく苦無を引いた。

根来忍びの者は、切られた喉元から血を流して震え上がった。

「山城屋義兵衛は何処にいる」

楓は尋ねた。

「し、知らぬ……」

根来忍びの者は喉から血を滴らせ、息の鳴る声を震わせた。

「今直ぐ手当てをすれば助かるが、死にたいとみえるな」

楓は嗤った。

「納屋だ。山城屋義兵衛は、納屋の奥の石牢にいる」

根来忍びの者は、苦しげに息を鳴らしながら嗄れ声を引き攣らせた。

「よし。案内しろ」

楓は、根来忍びを押えて納屋に向かった。

納屋の奥には板戸があり、錠前が掛けられていた。

「石牢は板戸の中か……」

楓は、錠前の掛けられた板戸を示した。

「ああ……」

「錠前を開けろ……」

根来忍びの者は、楓に命じられた通りに鍵を出して板戸の錠前を外した。

楓は、板戸を開けた。

板戸の奥には石牢があった。

石牢は床も壁も天井も石で造られ、鉄枠の格子が嵌《は》め込まれていた。

楓は、石牢の中を窺った。

白髪の小柄な男が蹲っていた。

「山城屋義兵衛か……」

楓は問い質した。

「そ、そうだ……」

義兵衛は、怯えと警戒の入り混じった眼を向けて頷いた。

「よし。牢を開けろ」

楓は、根来忍びの者に命じた。

根来忍びの者は、石牢の格子戸の錠を外した。

刹那、楓は情け容赦なく根来忍びの者の喉を苦無で切り裂いた。

根来忍びの者は、喉から息と血を噴き出して斃れた。

「さあ……」

楓は、義兵衛に出て来るように促した。

義兵衛は、恐ろしげに楓を見詰めて出て来るのを躊躇った。

水戸藩御刀番の神尾兵部に裏切られた義兵衛は、既に誰も信じられなくなっているのだ。

「一緒に来なければ、今、此処で死んで貰う事になる」

楓は、義兵衛を冷たく見据えた。

義兵衛は、根来忍びの者を情け容赦なく殺した楓を恐れ、石牢を出た。

次の瞬間、楓は義兵衛を当て落として担ぎ上げた。

小柄な義兵衛は、満足な食べ物を与えられていなかったのか軽く、臭かった。
京之介は、霞左文字の鋒《きつさき》から血を滴らせて土間から無人の部屋にあがった。
根来忍びの者は姿を潜め、殺気だけを放って京之介の隙を窺っていた。
京之介は、連なる部屋を油断なく進んだ。
襖の向こうから槍が突き出された。
京之介は躱し、槍の太刀打ちを摑んで引き込み、霞左文字を襖に鋭く突き刺した。
手応えがあった。
京之介は、霞左文字を引いた。
霞左文字に腹を突き刺された根来の忍びの者が、襖ごと倒れ込んで来た。
京之介は、倒れた根来忍びの者を跳び越えて次の部屋に踏み込んだ。
二人の根来忍びが、京之介に左右から斬り掛かった。
京之介は、一人の首の血脈を刎《は》ね斬り、そのまま霞左文字を背後に突いた。
もう一人の根来忍びの者が、胸を突き刺されて斃れた。
「不動……」

京之介は、姿の見えない不動に呼び掛けた。

「何だ……」

不動の声には、怒りと焦りが滲んでいた。

「これ以上、配下の忍びを無駄に死なせる事もあるまい」

京之介は、見えない不動に告げた。

「なに……」

不動は戸惑った。

「お前も根来忍びの組頭ならいつ迄も逃げ隠れしておらず、船宿青柳の八蔵や木賃宿の喜十のように姿を現わして闘え」

京之介は、侮り嗤った。

次の部屋の襖が、両方から開けられた。

部屋の正面に不動がいた。

「左京之介、汐崎藩納戸方御刀番か……」

「如何にも……」

「水戸藩と江戸家老の本田修理に対し、秘かに遺恨を持っているな」

不動は、薄笑いを浮かべた。

「だったら、どうした……」

京之介は戸惑った。

「我らと手を握っても良い筈だ」

不動は、京之介を見据えた。

根来忍びの背後に潜んでいる者は、京之介同様に水戸藩と本田修理に遺恨を抱いているのだ。

「不動、お前たち根来忍びの背後には誰がいるのだ」

「そいつは、手を握ってからだ」

不動は、冷笑を浮かべた。

「白虎は、背後に潜む者と一緒か……」

「左様。総帥の白虎さまは、数珠丸恒次を持って御前さまの許においでだ」

「御前さま……」

京之介は眉をひそめた。

〝御前さま〟とは、身分の高い武士の隠居などに使われる呼び名だ。

数珠丸恒次と義兵衛を使って水戸藩に遺恨を晴らそうとしているのは、身分の高い武士の隠居なのか……。

根来忍びの背後に潜む者の欠片《かけら》が漸く浮かんだ。

「ああ……」

「何処の誰だ。御前さまとは……」

京之介は、不動を見据えた。

根来忍びの出入口は、寮の裏の古い稲荷《いなり》堂にあった。

古い稲荷堂の床には地下に降りる階段があり、板で囲われた横穴が短く続いていた。

短い横穴を脱けると、長谷寺裏の雑木林にある古い地蔵尊の祠《ほこら》に出た。

古い稲荷堂と古い地蔵尊の祠が、根来忍びの者の秘かな出入口だった。

佐助は探し出し、義兵衛を担いで出て来た楓に報せた。

楓と佐助は、気を失っている義兵衛を連れて古い稲荷堂の短い横穴を脱け、長谷寺裏の雑木林の古い地蔵尊の祠に出た。

刀剣商『山城屋』義兵衛の身柄は、無事に押えた。
楓は、寮の上空に向かって花火を打ち上げた。
花火は白煙を曳いて飛び、寮の上空で音を立てて火花を散らした。

花火の音が鳴り響いた。
義兵衛は押えた……。
京之介は、楓と佐助が無事に役目を果たしたのを知った。
「知りたいか左、御前さまの正体……」
不動は冷笑を浮かべた。
「ああ……」
京之介は、不動のいる部屋に踏み込んだ。
次の瞬間、不動は近付いて来る京之介に棒手裏剣を連射した。
京之介は、転がって躱しながら棒手裏剣を放った。
棒手裏剣は、不動の不意を衝いた。
不動は、辛うじて棒手裏剣を躱した。だが、頬が僅かに抉られた。

「棒手裏剣……」

不動は、己と同じ棒手裏剣に戸惑った。

「お前がくノ一の背中に撃ち込んだ棒手裏剣。毒を塗って返すそうだ」

「毒……」

不動は困惑した。

「ああ。お前が塗った毒より、強い毒をたっぷり塗ってな……」

京之介は嗤った。

不動は、棒手裏剣に僅かに抉られた頬を思わず押えた。

掌には、僅かな血と虹色に光る膏《あぶら》のような物が附着した。

毒……。

不動は、恐怖に衝《つ》き上げられた。

「おのれ……」

不動は、衝き上がる恐怖を忘れようと猛然と京之介に斬り付けた。

京之介は、霞左文字を閃かせて斬り結んだ。

不動は、力押しに攻め立てた。

京之介は、斬り結びながら後退りし、壁際に追い込まれた。

不動は、壁際に追い込んだ京之介に上段からの一刀を鋭く放った。

京之介は、不動の一刀を霞左文字で受けて脇差を放った。

南無阿弥陀仏……。

京之介の脇差は、不動の腹に突き刺さった。

不動は、眼を瞠って仰け反った。

「ひ、左……」

「不動、御前さまとは誰だ。白虎は何処にいる。数珠丸恒次は白虎の許にあるのか……」

京之介は訊いた。

「左……」

不動は、顔を醜く歪めて絶命した。

「不動……」

京之介は、不動の死を見定めて脇差を引き抜いた。

不動は、毒で朽ち果てるのを嫌い、斬り死にを選んだのかもしれない。

京之介は、霞左文字に拭いを掛けた。

寮の中に満ち溢れていた殺気は、急速に萎えて消えていった。

第四章　亡者の陰謀

一

刀剣商『山城屋』義兵衛は、数珠丸恒次を手に入れた経緯を告白した。

義兵衛の告白は、浄雲が刀工たちから聞き込んで来た噂と殆ど同じだった。

「久遠寺の大檀家を誑《たぶら》かして数珠丸恒次をすり替えたのは、水戸藩の御刀番神尾兵部に頼まれての所業だな」

京之介は、義兵衛を厳しく見据えた。

「はい。神尾さまは江戸家老の本田修理さまに命じられて、手前に……」

義兵衛は頷いた。

江戸家老の本田修理にしても、主の水戸斉脩に命じられての事なのかもしれない。

いずれにしろ、水戸藩が数珠丸恒次を手に入れた手立ては、騙《かた》りとも云える薄汚いものだった。

その薄汚い手立てが、将軍家を始め尾張徳川家や紀伊徳川家は勿論、天下に知れると御三家としての水戸徳川家の威光は地に落ちる。

刀剣商『山城屋』義兵衛は、水戸徳川家の薄汚い手立ての生き証人なのだ。

「義兵衛、このまま無事に生きていたければ、暫く此処に身を潜めて、大人しくしているのだな」

京之介は微笑んだ。

「老い先短い命、惜しくはありませぬが、本田さまや神尾さまがどうなるか、見届けたく存じますので、お言葉に従います」

義兵衛は、己を裏切った挙げ句、女房や奉公人を殺した本田や神尾に遺恨を抱き、京之介の勧めに応じた。

本郷追分の水戸藩江戸中屋敷は、緊張に満ち溢れていた。

京之介は、不動の棒手裏剣を太股に受けて傷付いた神尾兵部が中屋敷にいるのを突き止め、訪れた。

神尾兵部は、不意に訪れた京之介を中屋敷内の庭に招いた。

京之介は、中屋敷の家来に案内されて神尾のいる庭に向かった。

途中、京之介は幾つもの視線を感じた。

視線の主は姿を隠していた。

裏柳生の忍び……。

中屋敷は、四ッ谷忍町の正福寺が根来忍びに襲われ、神尾が深手を負って義兵衛を奪われて以来、警戒を厳しくしていた。

京之介は、裏柳生の忍びの視線を感じながら神尾の許に進んだ。

神尾兵部は、庭の池の傍にある四阿《あずまや》の床几《しょうぎ》に腰掛けて待っていた。

「神尾どの、不意の訪問、お許し下され」

京之介は詫びた。

「いえ。お掛け下さい」

神尾は、京之介に床几を勧めた。

「御免……」

京之介は、床几に腰掛けて神尾と向かい合った。

神尾は、棒手裏剣の撃ち込まれた右脚を庇《かば》い、座敷ではなく腰掛けられる庭の四阿に京之介を迎えたのだ。

京之介は、神尾の右脚の傷が決して良くなっていないのを知った。

「して左どの、御用とは……」

神尾は、窶《やつ》れを隠した顔を向けた。

「それなのですが、神尾どのは神楽坂の刀剣商山城屋義兵衛を御存知ですな」

京之介は、神尾を見据えて告げた。

神尾の眉が僅かに動いた。

「如何にも。山城屋義兵衛がどうかされましたかな……」

神尾は、京之介に探る眼差しを向けた。

「山城屋義兵衛、拙者に数珠丸恒次を何故に手に入れたのか、その手立てなどを詳しく話してくれましてな」

京之介は微笑んだ。

「義兵衛が……」

神尾は、京之介が根来忍びの不動から義兵衛を奪ったのに気付き、顔色を変えた。

「左様……」

京之介は頷いた。

神尾は、湧き上がる動揺を必死に隠した。

京之介は、水戸藩が如何にして数珠丸恒次を手に入れたかを知ったのだ。

神尾は、事実を知った京之介の出方が気になった。

「左どの、山城屋義兵衛を如何されるおつもりか……」

「さあ、そいつは未だ決めてはおりません」

「ならば左どの。山城屋義兵衛の身柄、水戸藩、いや、某《それがし》にお渡し願えぬか……」

「神尾どのに……」

京之介は眉をひそめた。

「左様。義兵衛は水戸藩の恩を忘れ、藩に仇なさんと世迷《よま》い言《ごと》を言い触らす痴《し》れ者《もの》
……」

神尾の顔には、隠していた窶れが浮かび始めた。

「神尾どの、如何に義兵衛を貶《おとし》めようが、事実は隠しようがありませぬ」

京之介は遮った。

「左どの……」

神尾は、微かな怯えを過ぎらせた。

「だが、義兵衛の申し状、将軍家や尾張、紀伊に知れたり、天下に洩れる事は、我が汐崎藩に余程の事が起きない限りありますまい」

京之介は厳しく告げた。

「汐崎藩に余程の事……」

神尾は眉をひそめた。

「左様。これ以上の余程の事がな……」

京之介は神尾を見据え、汐崎藩への支配を止めろと言外に伝えた。

「分かった。本田さまに伝えよう」

神尾は、苦渋に満ちた面持ちで頷いた。

「ならば、此れにて失礼致す。御免……」

京之介は、神尾に一礼して四阿を出た。

神尾に刺した釘は、江戸家老の本田修理に直ぐに届く筈だ。

本田修理はどう出るか……。

京之介は、表門に向かった。

見詰める視線には険しさが増していた。

京之介は、不敵な笑みを浮かべて水戸藩江戸中屋敷を出た。


数珠丸恒次は何処にあるのか……。

根来忍びの総帥白虎は何処にいるのか……。

そして、背後に潜む御前さまとは何者なのか……。

いずれにしろ、喜十の木賃宿や不動の長者ヶ丸の寮の場所から見て、総帥の白虎は宮益町から渋谷川沿いの何処かに潜んでいる筈なのだ。

京之介は、佐助を伴って渋谷川沿いに向かった。そして、楓も根来忍びのくノ一蛍を捜して渋谷川沿いを行っていた。

このまま姿を消し、根来忍びの抜け忍になってくれれば良い……。

楓は、蛍が見付からないのを願って渋谷川沿いを捜し、金王八幡宮の境内の茶店に立ち寄った。

金王八幡宮には、僅かな参拝客が行き交っていた。

楓は、茶店で茶を飲みながら長閑な境内を眺めた。

菅笠を被った百姓が、竹籠を背負って本殿の裏から現われた。

見覚えがある……。

楓は、菅笠を被った百姓を見て湯吞茶碗を口元に上げて顔を隠した。

裏柳生の忍び……。

楓は、菅笠を被った百姓を五郎丸の配下だと見抜いた。

菅笠を被った百姓は、茶店にいる楓に気付かず鳥居に向かって行った。

楓は、菅笠を被った百姓を追った。

菅笠を被った百姓は、田畑の間の田舎道を進み、今にも崩れそうな古い百姓家に入った。

楓は見届け、古い百姓家に近付こうとした。

古い百姓家の戸が開いた。

楓は咄嗟に這い蹲り、田畑の緑に隠れた。

菅笠を被った百姓が、古い百姓家から出て来て辺りを油断なく窺った。そして、百姓家の中を振り返った。

饅頭笠を被った雲水が、古い百姓家から現われた。

楓は、田畑の緑に這い蹲って饅頭笠の下の雲水の顔を眺めた。

雲水の顔は、晒しで包まれていた。

何者だ……。

楓は緊張した。

菅笠を被った百姓と雲水は、渋谷川沿いに進んだ。

五郎丸……。

楓は、顔を晒しで包んだ雲水の足取りと身のこなしが五郎丸と同じなのに気付いた。

五郎丸は、喜十の仕掛けた爆発に巻き込まれた。そして、命は助かったが、顔に大火傷をしたのだ。

楓は知った。

百姓と五郎丸は、渋谷川沿いの道を宮益町に向かった。

楓は尾行した。


宮益町の外れ、渋谷川の岸辺の木賃宿は、雨戸を閉めていた。

五郎丸と百姓は、渋谷川に架かる木橋の袂から木賃宿を見詰めた。

「戻っているのに間違いはないのだな」

五郎丸は、百姓に念を押した。

「はい……」

百姓は頷いた。

「よし。裏口に引き付けろ」

五郎丸は命じた。

「心得ました」

百姓は、木賃宿の裏口に走った。

五郎丸は、木賃宿の表に進んだ。

楓は見守った。

「楓……」

京之介と佐助が背後に現われた。

楓は頷いた。

「誰だ……」

京之介は、木賃宿の表にいる雲水を示した。

「五郎丸だ」

楓は囁いた。

「やはり生きていたか……」

京之介は、厳しい面持ちで五郎丸を見据えた。

百姓は、裏口の板戸を叩いた。

「御免下さい。何方《どなた》かいらっしゃいませんか、御免下さい」

百姓は、木賃宿の中に呼び掛けた。

木賃宿の中からは、誰の返事もなかった。

百姓は、問外《といかき》を出して板戸と柱の微かな隙間に差し込んだ。

板戸の隙間に問外が差し込まれた。

忍び……。

根来忍びの組頭の喜十は、訪れて来た者が忍びの者だと知った。

おそらく裏柳生……。

喜十は睨み、奥の部屋に向かった。

奥の部屋に入った喜十は、素早く旅の浪人に身形《みなり》を整えて畳を上げて床板を外した。そして、縁の下に降りて横手に向かって素早く這い進んだ。

やはり木賃宿は棄てるしかない……。

喜十は、不動が敗れ、長者ヶ丸の寮が破られたと知り、木賃宿を隠れ宿に戻そうとした。だが、木賃宿には裏柳生の見張りが付いていたのだ。

喜十は、木賃宿の縁の下から外を窺った。

誰もいない……。

喜十は見定め、縁の下から外に出た。
刹那、黒い影が喜十を覆った。
喜十は、思わず頭上を見上げた。
直刀を構えた五郎丸が、衣を翻して木賃宿の屋根から喜十に襲い掛かった。
喜十は、咄嗟に茂みに身を投げ出して五郎丸の頭上からの攻撃を躱した。
五郎丸は、茂みに逃げた喜十に斬り付けた。
喜十は、忍び刀を抜いて打ち払った。
「喜十……」
五郎丸は、顔に火傷を負わせた喜十に怒りを持って斬り掛かった。
喜十は、後退りしながら必死に斬り結んだ。
百姓に扮した裏柳生の忍びが、木賃宿の裏から駆け付けて喜十に襲い掛かった。
喜十は、五郎丸と百姓に挟撃されて手傷を負い、次第に追い詰められた。
五郎丸は、喜十に鋭い一刀を浴びせた。
喜十は、右肩を斬られて忍び刀を落とした。
「死ね。喜十……」

五郎丸は、喜十に止めを刺そうと直刀を唸らせた。

刹那、京之介が割って入った。

五郎丸と百姓は驚いた。

京之介は、喜十を庇《かば》って立った。

「退け。邪魔するな」

五郎丸は怒声をあげ、百姓が京之介に斬り掛かった。

京之介は、冷笑を浮かべて霞左文字を抜き打ちに閃かせた。

百姓は胸を斬られ、血を振り撒いて斃れた。

喜十は、よろめきながら逃げた。

「おのれ……」

五郎丸は怒り狂った。

「これ迄だ、五郎丸……」

京之介は嗤った。

「黙れ」

五郎丸は猛然と京之介に迫り、直刀での鋭い突きを放った。

京之介は、僅かに身を開いて直刀での突きを躱し、霞左文字を上段から斬り下げた。

霞左文字は、直刀を握った五郎丸の伸びきった腕を両断した。

血が飛んだ。

五郎丸は、両腕を断ち切られ、地面に叩き付けられて昏倒《こんとう》した。

南無阿弥陀仏……。

京之介は、五郎丸が助からぬと読み、霞左文字に拭いを掛けた。

「京之介さま……」

佐助が駆け寄って来た。

「喜十は……」

「楓さんが追いました。こちらです」

佐助は、京之介を渋谷川沿いに誘った。

渋谷川沿いの田畑には、血が点々と滴り落ちていた。

喜十は、斬られた右肩から血を滴らせ、よろめきながら田畑を逃げた。

楓は追った。

行き先を突き止める……。

楓は、京之介と打ち合わせた通り、喜十の逃げる先を突き止めようとした。

喜十の逃げる先には、根来忍びの総師の白虎がいる……。

それが、京之介と楓の睨みだった。

喜十は、よろめきながら田畑を進んだ。

楓は、充分な距離を取って喜十を追った。

喜十は、金王八幡宮の脇を抜けて尚も田畑を進んだ。そして、鷲峯寺や福正寺の傍を通って広尾に近付いた。

竹籠を背負った百姓女が、喜十の行く手の畦道《あぜみち》をやって来た。

何事もなく擦れ違えば良い……。

楓は、何故か不安に駆られた。

喜十は、百姓女の前を通り抜けた。

刹那、百姓女が鎌の刃を煌めかせて喜十に飛び掛かった。

喜十は、咄嗟に田畑に転がって躱した。

百姓女は、転がって逃げる喜十に鎌を振るった。

蛍……。

楓は、喜十に襲い掛かった百姓女が蛍だと気が付き、地を蹴った。

蛍は、己を餌にして逃げた喜十に恨みを晴らさずにはいられなかった。恨みを晴らさず、楓の云うように抜け忍にはなれなかった。

蛍は、喜十を渋谷川沿いに捜し歩き、漸く見付けたのだ。

「止めろ。止めろ、蛍……」

喜十は、左手に握った苦無を必死に振るい、蛍の鎌から逃れようとした。だが、右肩を斬られた身体の動きは鈍かった。

「喜十、忍びの虚しさ。良くぞ教えてくれた。礼を云うぞ」

蛍は、鎌の刃を煌めかせた。

鎌の刃は、喜十の脇腹に鋭く食い込んだ。

血が飛んだ。

蛍は、鎌の刃を抉った。

「死ね……」

喜十は、顔を醜く歪めて蛍を抱え込み、後退しながら倒れた。

「蛍……」

楓は駆け寄り、蛍を抱きかかえている喜十の手を解いた。そして、蛍を引き離した。

蛍の胸には、喜十の苦無が深々と突き刺さっていた。

「蛍、しっかりしろ……」

楓は驚き、蛍を揺り動かした。

「楓さま……」

蛍は、楓に微笑み掛けて絶命した。

「蛍……」

蛍は、抜け忍とならず、根来忍びのくノ一として死んだ。

「楓……」

京之介と佐助が駆け寄って来た。

「蛍か……」

京之介は、楓の腕の中で絶命している蛍を見詰めた。

「ああ。喜十なんかと刺し違えるなんて、馬鹿だよ……」

楓は、悔しさと虚しさを滲ませた。

「うむ……」

京之介は、蛍の遺体に手を合わせた。

「京之介さま……」

佐助は、倒れている喜十の様子を検めながら京之介を呼んだ。

「どうだ……」

「喜十、こと切れています」

佐助は、厳しい面持ちで告げた。

「死んだか……」

京之介は、困惑を滲ませた。

喜十は、根来忍びの総帥白虎に辿り着く唯一の手掛かりだった。その為に五郎丸から助けたのだ。だが、手掛かりの喜十は、蛍という思いも寄らぬ者に斃された。

「して、白虎の居場所を教える物は持っていなかったか……」

「はい。何も……」

佐助は、悔しげに首を横に振った。

「そうか……」

喜十は、何処に行くつもりだったのだ。

京之介は、辺りを見廻した。

辺りには田畑の緑が揺れ、渋谷川が長閑に流れ、小さな町並みが見えた。

小さな町並みは広尾だ。

広尾の外れには、汐崎藩江戸中屋敷がある。

京之介は、遠くに見える汐崎藩江戸中屋敷を眺めた。

もしや……。

京之介は、不意にある事に思い当たり、微かに身震いした。

まさか……。

京之介は、己の思い当たった事を否定しようとした。だが、思い当たった事は、京之介の意志に反して一気に膨《ふく》らんだ。

強い風が吹き抜け、田畑の緑を激しく揺らした。

二

燭台の火は小刻みに瞬《またた》いた。

汐崎藩江戸家老梶原頼母は、燭台の火の瞬きを横顔に受けて厳しさを露《あら》わにした。

「左、それはまことであろうな……」

「根来忍びの隠れ宿は宮益町と長者ヶ丸。その場所から見ても、おそらく間違いないものかと……」

京之介は、梶原を見据えて告げた。

「ならば……」

梶原は、微かな怯えを過ぎらせた。

「根来忍びの総帥白虎は、我が藩の中屋敷に潜んでいるのです」

京之介は、喜十の向かっていた処が汐崎藩江戸中屋敷であり、そこに根来忍びの総帥白虎が潜んでいると睨んだ。

「おのれ……」

「そして、根来忍びの背後に潜み、数珠丸恒次を奪って水戸藩を陥れる陰謀を巡らしたのは宗憲さま……」

京之介は、厳しい面持ちで云い放った。

「左……」

梶原は喉を引き攣らせ、嗄れた声で京之介を制した。

「梶原さま……」

「左、知っての通り、宗憲さまは毒を盛られ、話も出来ず、動く事も思いのままにならぬ身体の病人。如何に水戸家への恨みが深いにしても、出来る事なのか……」

梶原は困惑した。

「宗憲さまは、おそらく我らの知らぬ処で正気《しようき》を取り戻したのです」

京之介は読んだ。

「まことか、左……」

梶原の困惑は頂点に達した。

「間違いありますまい……」

宗憲は既に正気を取り戻し、病人を装っているのだ。

京之介は気付いた。

「ならば、水戸藩が根来忍びに奪われた数珠丸恒次も……」

「中屋敷の宗憲さまの許にあるでしょう」

「左、それがまことであるなら、水戸藩に知られてはならぬ」

梶原は、嗄れ声を震わせた。

「左様。水戸藩が知れば、如何に親類筋であろうが、汐崎藩は情け容赦なく叩き潰されるでしょう」

京之介は、厳しい読みをみせた。

「うむ。どうする左。どうすれば良いのだ」

梶原は、老いた顔を困惑に歪ませて皺《しわ》を深く刻んだ。

駿河国汐崎藩は、宗憲の為に危急存亡《ききゅうそんぼう》の秋を迎えていたのだ。

「先ずは宗憲さまと中屋敷の様子を調べます」

「そして、睨み通りだったら如何致す」

梶原は、息を詰めて京之介を見詰めた。

「手立ては一つ……」

「どのような手立てだ」

梶原は身を乗り出した。

「闇に葬る」

京之介は、既に考え抜いていた。

「闇に葬る……」

梶原は怯んだ。

「左様……」

「宗憲さまもか……」

梶原は、嗄れ声を震わせた。

「汐崎藩を護る為には、水戸藩に知られる前に何もかも闇に葬るしかありますまい」

京之介は、冷笑を浮かべて云い放った。

燭台の火は激しく瞬いた。

汐崎藩江戸中屋敷は静寂に覆われていた。

京之介は、中屋敷留守居頭の奥村惣一郎を訪れた。

「して左どの、中屋敷に何用ですかな……」

奥村は、屈託のない笑顔で京之介を迎えた。

何も気付いておらず、何も知らない……。

京之介は、奥村が宗憲や根来忍びの白虎と拘わりないのを見定めた。

「それなのだが、我が藩の御腰物元帳《おこしものもとちょう》を見ると、備前永光《びぜんながみつ》の鎧通《よろいとお》しがあるとされているが、上屋敷の御刀蔵にも屋敷の何処にもなくてな。それで、中屋敷にあるかと探しに参った」

〝鎧通し〟とは、鎧の僅かな隙間から突き刺す為の短刀だ。

「ほう。その鎧通し、名刀なのですか……」

奥村は、刀に疎《うと》かった。

「左様。軍場《いくさば》で鎧を着た者を刺し殺す為の短刀でな。我が汐崎藩藩祖堀田秀宗《ひでむね》さまがお使いになられていたと思われる逸品です」

京之介は、偽りの因縁話を作り上げた。

「それはそれは、我が藩の秘宝ですな。どうぞ好きなだけお探し下さい」

奥村は、笑顔で頷いた。

「ならば遠慮なく……」

探す物は備前永光の鎧通しではなく、数珠丸恒次なのだ。

「そうだ、左どの。御隠居さまのおいでになる離れ御殿だけは、くれぐれもお気を付けて下され。ま、離れ御殿は御隠居さまの為に新しく建てられたものですから、古い鎧通しなどはありますまいが、もしも探すとあらば、御隠居さまお気に入りの近習の桂木直弥に話を通すが宜しいでしょう」

「桂木直弥ですか……」

京之介は、色の白いまるで女のような顔をした桂木直弥を思い浮かべた。

桂木直弥こそが、根来忍びの総帥の白虎なのかもしれない。

京之介は睨んだ。

「左様……」

「奥村どの、桂木直弥、どのような者ですか」

「桂木直弥ですか……」

奥村は戸惑った。

「うむ……」

「桂木直弥は、その昔、国許で山奉行《やまぶぎょう》を務めていた桂木平内《へいない》どのの倅《せがれ》ですよ」

「山奉行の桂木平内どの……」

汐崎藩の山奉行は一年の殆どを領国の山々に入っており、京之介は桂木平内と滅多に逢う事はなかった。

桂木直弥は、その桂木平内の息子だった。

「左様……」

「それにしても桂木直弥、国許で見掛けた覚えはないが……」

「それは、桂木直弥は江戸に出て来る迄、山の中にある山奉行の組屋敷で暮らしていたそうですから……」

「成る程、そうでしたか……」

「左どの、桂木が何か……」

奥村は戸惑った。

「いや。あの宗憲さまのお気に入りになったのに感心しましてな」

京之介は苦笑した。

「まったくですよ。拙者もその辺が良く分かりませんでね」

奥村は、屈託なく笑った。

京之介は、中屋敷留守居頭の奥村惣一郎に話を通し、侍長屋の空き部屋を借りた。

根来忍びの総帥白虎は、既に京之介に見張りを付けている筈だ。

京之介は、侍長屋の空き部屋に入って隣室、天井裏、床下を調べた。

隣室、天井裏、床下には、忍びの者が潜んでいる気配も変わった様子もなかった。

京之介は、表門の腰掛けに待たせておいた佐助を呼んだ。

「京之介さま……」

佐助は、侍長屋にやって来た。

「入るが良い」

「はい……」

佐助は侍長屋に入り、障子を閉めた。

「どうだ……」

「楓さんが見た限り、お屋敷の周囲に根来忍びが忍んでいる気配はないそうです」

「離れ御殿の周囲にもか……」

「いまのところは。それで、暫く見張ってみるそうです」

「うむ。佐助、根来忍びの総帥白虎は、おそらく宗憲さま近習の桂木直弥だと伝えろ」

「近習の桂木直弥ですか……」

「うむ。色の白い、女のような顔立ちの男だ」

「色の白い、女のような顔……」

佐助は眉をひそめた。

「左様、くれぐれも気を付けろとな」

「承知しました。では……」

佐助は、侍長屋から出て行った。

京之介は、佐助を追って行く者の気配がないのを確かめ、霞左文字を手にして侍長屋を出た。


宗憲が養生している離れ御殿は、薄暗い廊下の奥にあった。

京之介は、宗憲の御機嫌伺いに離れ御殿に向かった。

御機嫌伺いには、宗憲が病人を装っているかどうか見定める目的があった。

京之介は、薄暗い廊下を抜けて離れ御殿の入口に来た。

入口には近習の武士がいた。

「納戸方御刀番左京之介、御隠居宗憲さまの御機嫌伺いに参上致した。お取次ぎを願いたい」

京之介は、近習の武士に告げた。

「はっ。暫時、お待ち下さい」

近習の武士は、離れ御殿に入って行った。

京之介は、離れ御殿の周囲に根来忍びの気配を探した。

根来忍びの気配は窺えなかった。

見張りは無用と中屋敷の者たちを疎《うと》んじているのか、それとも奥村たち中屋敷詰の家臣を誑《たぶら》かしているという自信なのか……。

京之介は、桂木直弥こと白虎の腹の内を読もうとした。

「左さま……」

近習の武士が戻って来た。

「お目通りを許すとの仰せ。どうぞ、お通り下さい」

近習の武士は告げた。

「お言葉、御隠居宗憲さまのものか……」

「えっ……」

近習の武士は戸惑った。

「御隠居宗憲さまが、目通りを許すと直に仰せになられたのか……」

「いえ。桂木さまが……」

「そうか……」

京之介は、離れ御殿が桂木直弥の指図で動いているのを知った。

「はい。どうぞ……」

近習の武士は、京之介を離れ御殿に誘った。

京之介は続いた。

宗憲は、前回同様に焦点の定まらぬ虚《うつ》ろな眼で庭を眺めていた。

桂木直弥は、戸口に控えて京之介を迎えた。

京之介は、桂木に微笑み掛けた。

桂木は、京之介に会釈をして宗憲に向き直った。

「御隠居さま、納戸方御刀番左京之介さまがお見えにございます」

「うむ……」

宗憲は、庭を眺めたまま頷いた。

「御隠居さまにはお変わりなく、恐悦至極にございます」

京之介は、宗憲を見据えて挨拶をした。

宗憲は、京之介を見る事もなく無言だった。

「お顔の色も良く、お身体も元に戻られたかのような……」

京之介は、宗憲の様子を窺いながら告げた。

宗憲は、毛筋程の反応も見せなかった。

「御隠居さま。千代丸さまも日毎に大きくなられ、家臣共も以前とは違い、行く末に新たな望みが出来たと喜んでおります」

京之介は、毒を盛られる前の宗憲なら怒り出すような事を云い放った。

もし、宗憲が元に戻っているなら、持ち前の気の短さと狷介《けんかい》さから何らかの反応を見せる筈だ。

京之介は、宗憲の反応を窺った。

反応はなかった。

「して、宗憲さま……」

京之介は話を続けた。

「左さま……」

桂木が制した。

「水戸家の後見がある限り、汐崎藩と堀田家は安泰にございます」

京之介は、桂木の制止に構わず話を続けた。

宗憲のこめかみが、微かに引き攣った。

京之介は、見逃さなかった。

こめかみを引き攣らせるのは、宗憲が怒った時の昔からの癖だ。

「それに今、水を差そうとしている痴れ者がおりましてな」

京之介は、嘲りを浮かべた。

宗憲のこめかみは引き攣り、虚《うつ》ろな眼に僅かな怒りが滲んだ。

元に戻っているのか……。

京之介は、もう一押しして見定めようとした。

「その痴れ者、どうやら水戸藩に遺恨を……」

「お止め下さい、左さま……」

桂木は京之介を遮り、宗憲を庇うように割って入った。

「無礼者」

京之介は一喝し、桂木の足を払った。

桂木は、咄嗟に躱して身構えた。

宗憲の手が小刻みに震えた。

怒りの限界だ……。

宗憲は正体を露わにする。

京之介は、息を呑んで宗憲を見詰めた。

次の瞬間、桂木は京之介に平伏した。

「申し訳ありませぬ、左さま。これ以上のお目通りは御隠居さまのお身体に障ります。どうか、どうかお引き取り下さい。お願い申し上げます」

桂木は、京之介に平伏して頼んだ。

京之介は、平伏する桂木を見据えた。

桂木に殺気は窺えなかった。

此迄だ……。

「左様か……」

京之介は、殺気を窺わせず平伏した桂木に底知れぬものを覚えた。

宗憲は、既に手の震えやこめかみの引き攣りを消し、焦点の定まらぬ眼で庭を眺めていた。

「ならば御隠居さま、拙者はこれにて……」

京之介は、宗憲に一礼して座敷を出た。

桂木は、離れ御殿の入口で京之介を黙って見送った。

宗憲は、京之介の誘いに乗った。

こめかみを引き攣らせ、その眼に怒りを滲ませ、手を震わせて……。

京之介は見届けた。

宗憲の意識は、毒を盛られる以前に戻っているのだ。だからといって身体も同じだとは限らない。

宗憲は意識だけを取り戻し、身体は不自由なままなのかもしれないのだ。

いずれにしろ、根来忍びを使って数珠丸恒次を奪い、水戸藩を陥れる陰謀を企てたのは宗憲なのだ。

根来忍びの総帥白虎は、近習桂木直弥として宗憲の傍に控え、配下の根来忍びに采配を揮《ふる》っていたのだ。

京之介は確信した。

警戒しなければならないのは、桂木直弥こと根来忍びの総帥白虎の出方だった。

殺気も窺わせずに平伏した背後には、いずれは京之介を斃すという自信が秘められているからに他ならない。

根来忍びの総帥白虎との闘いは近い……。

京之介は、穏やかな笑みを浮かべた。

三

夜は更けた。
京之介は、侍長屋の空き部屋に敷いた蒲団に身を横たえた。
侍長屋の外には虫の音が響き、中屋敷詰の家来の鼾《いびき》が微かに聞こえていた。
いまのところ、変わった様子はない……。
京之介は有明《ありあけ》行燈の火を消し、天井の暗闇を見詰めていた。
根来忍びは襲って来る……。
京之介は、五感を研ぎ澄ませて異変を感じ取ろうとした。
何事もなく時は過ぎた。
侍長屋の外の虫の音は続いた。
根来忍びが忍び寄って来る気配は窺われなかった。
京之介は待った。
不意に微かな風が揺れ、京之介の頬に冷たく触れた。

虫の音は続いている。

どうした……。

京之介は、僅かに戸惑った。

刹那、見詰めていた天井の暗闇が迫って来た。

京之介は、咄嗟に霞左文字を握って蒲団から転がった。

天井から迫って来た暗闇から根来忍びが現われ、京之介の寝ていた蒲団に手鉾《てぼこ》を鋭く突き立てた。

京之介は素早く起き上がり、片膝をついて霞左文字を横薙ぎに一閃した。

根来忍びは戸口に大きく跳び退き、腰高障子を開けて外に逃れた。

京之介は霞左文字を構え、腰高障子の向こうの夜の闇を窺った。

虫の音は消え、家来の鼾だけが微かに聞こえていた。

開け放たれた腰高障子の外に根来忍びはいなかった。

虫の音は消えたままだった。

次の瞬間、腰高障子の開け放たれた侍長屋から蒲団が飛び出した。

飛び出した蒲団に、四方の闇から手裏剣が投げられた。
四方から投げられた手裏剣は、唸りをあげて蒲団に突き刺さった。
京之介は、手裏剣の突き刺さった蒲団の陰から飛び出して物陰に転がり込んだ。
そして、物陰に潜んでいた根来忍びを斬り棄てた。
根来忍びたちは、暗がりや物陰から現われて京之介に殺到した。
京之介は、霞左文字を縦横に閃かせた。
根来忍びたちは、斬り結ぶ間もなく倒れた。
京之介は修羅《しゅら》の如くに闘った。
霞左文字は、閃光となって根来忍びに襲い掛かった。
根来忍びは倒れ、怯んだ。
指笛が短く鳴った。
残った根来忍びたちは、一斉に夜の闇に姿を消した。
京之介は、残心《ざんしん》の構えを取って辺りを窺った。
僅かな時が過ぎ、虫の音が湧いた。
根来忍びは引き上げた。

京之介は見定めた。

虫の音の中には、家来の微かな鼾もあった。

離れ御殿の庭には虫の音が溢れていた。

一人の根来忍びが、内塀の暗がりに浮かびあがった。

虫の音が消えた。

根来忍びは、内塀の暗がりを出て一室の濡縁の前に控えた。

桂木直弥が一室から現われ、根来忍びの控えている濡縁に降りた。

「噂に違《たが》わぬようだな」

「はい……」

「ならば手筈通りにな」

「心得ました」

根来忍びは、内塀を越えて立ち去った。

「おのれ、左京之介……」

桂木は吐き棄て、女のような顔に不気味な笑みを浮かべて一室に戻っていった。

虫の音が再び響き始めた。

楓は見届けた。

庭の隅の小さな稲荷堂に潜み、己の気配を消して数刻を過ごし、虫の音に包まれて見届けた。そして、隠形《おんぎょう》を解いて素早く庭から逃れた。

虫の音は乱れた。

有明行燈の明かりは、京之介、楓、佐助を仄かに照らしていた。

「手筈通りにか……」

京之介は眉をひそめた。

「左様。手筈通りが何かは分からぬが、白虎たち根来忍びは動くだろう」

楓は、己の読みを告げた。

「うむ。間違いあるまい……」

京之介は、楓の睨みに頷いた。

根来忍びの総帥白虎は、宗憲の陰謀が京之介に見破られたと気付き、何事かを企んでいるのだ。

それは何か……。

京之介は、白虎の腹の内を読んだ。

おそらく根来忍びの総帥白虎は、徳川幕府の屋台骨を揺るがして騒乱を起こし、滅び掛けている忍びの命脈を繋ごうと考えた。そして、水戸藩に遺恨を抱いている宗憲に近付き、その陰謀を叶えようとしたのだ。そこに宗憲に対する忠義心はなく、あくまでも雇い主として利用する気しかないのだ。

根来忍びは、船宿『青柳』の八蔵、宮益町の木賃宿の喜十、長者ヶ丸の寮の不動たち多くの忍びの者を失った。

これ以上、配下の忍びの者を失うのは本意ではない筈だ。

宗憲との陰謀が見破られた今、白虎はどうする……。

京之介は、白虎の腹の内を読み続けた。

夜明け。

汐崎藩江戸中屋敷は、朝霧に覆われていた。

裏門が開き、桂木直弥こと根来忍びの総帥白虎が現われた。
白虎は、金襴の刀袋に納めた太刀を背負っていた。
朝霧が揺れた。
旅姿の小者が現われ、白虎に会釈をした。
白虎は頷き、塗笠を目深に被った。
旅姿の小者は、根来忍びの者だった。
白虎は、旅姿の小者に誘われて朝霧の向こうに進んだ。
朝霧は渦を巻き、旅姿の小者と白虎を呑み込んだ。

朝霧は漂い続けた。
旅姿の小者と白虎は、広尾の小さな町を抜けて渋谷川に架かる木橋に差し掛かった。
木橋の向こうの朝霧が僅かに揺れた。
白虎と小者は、朝霧の僅かな揺れに気付いて立ち止まった。
白虎は、小者に目配せした。

小者は頷き、僅かに揺れた朝霧に手裏剣を放った。
手裏剣は、朝霧に吸い込まれた。
朝霧は揺れず、悲鳴もあがらなかった。
気の所為《せい》だったのか……。
小者は、木橋を渡ってみると白虎に目顔で囁いた。
白虎は頷いた。
小者は忍び鎌を握り、木橋を渡って朝霧の向こうに走り込んだ。
白虎は見守った。
静寂が続いた。
風が吹き、朝霧が薄れ始めた。
木橋の向こうには小者が倒れ、楓が佇んでいた。
白虎は身構えた。
「根来に帰るのか……」
白虎は、背後からの声に振り返った。
京之介が、朝霧を揺らして現われた。

白虎は眉をひそめた。

「白虎、水戸藩が数珠丸恒次を手に入れた噂を聞き、遺恨を抱く宗憲さまに近付き、陰謀の片棒を担いだか……」

「黙れ。その方共、不忠な家来に代わり、宗憲の無念を晴らす陰謀の手助けをした迄だ」

白虎は嘯《うそぶ》いた。

「要らぬ真似をしてくれたな」

京之介は吐き棄てた。

「それ程、汐崎五万石が大事か……」

「如何にも。汐崎五万石を頼りにしている領民や家臣の為にな」

「綺麗ごとを申すな」

白虎は嘲笑った。

「白虎、根来に無事に帰りたければ、背中の数珠丸恒次を置いていくのだな」

京之介は、白虎の背の金襴の刀袋に入れられた太刀を見詰めた。

「左……」

「数珠丸恒次、欲しければ腕尽くで奪い取れ」

白虎は、冷笑を浮かべて地を蹴り、京之介の頭上を大きく跳びながら手裏剣を連射した。

京之介は、霞左文字を抜き放って頭上で煌めかせた。

連射された手裏剣は、次々に弾き飛ばされた。

白虎は着地し、再び地を蹴って京之介の頭上を跳んだ。

京之介は戸惑った。

白虎は、京之介に手裏剣と共に火薬玉を放った。

京之介は、手裏剣を弾き飛ばした。しかし、火薬玉は弾き飛ばされずに斬られ、京之介の頭上で火を噴いた。

火は激しい勢いで京之介に襲い掛かった。

京之介は、地面に激しく叩き付けられた。

髪の焦げる臭いがした。

白虎は、忍び刀を構えて倒れた京之介に襲い掛かった。

刹那、京之介は倒れたまま落ちていた手裏剣を拾って白虎に放ち、横に転がった。

白虎は、咄嗟に躱そうとした。しかし、手裏剣は白虎の肩に突き刺さった。

京之介は、素早く跳ね起きた。

白虎は、手裏剣を肩に突き立てたまま着地し、間合いを取ろうと背後に跳んだ。

京之介は、霞左文字を鋭く一閃した。

太刀の入った金襴の刀袋が落ちた。

京之介は、太刀の入った金襴の刀袋を素早く拾い上げた。

白虎は、構わず充分な間合いを取った。そして、肩に突き刺さっていた手裏剣を抜き棄て、京之介と対峙した。

「おのれ、左京之介……」

白虎は、女のような顔を怒りで醜く歪めた。

まるで般若《はんにゃ》だ……。

京之介は、背後に控えていた楓に金襴の刀袋に入った太刀を渡し、白虎との間合いを詰めた。

白虎は、素早く後退りして間合いを保った。

京之介は、尚も間合いを詰めた。

同時に白虎は鋭く踏み込んだ。
間合いは一気に縮まった。
京之介は戸惑った。
白虎は地を蹴り、京之介に向かって跳びながら抜き打ちの一刀を鋭く放った。
京之介は咄嗟に躱した。
白虎は、刀を煌めかせて京之介の傍を跳び抜けた。
京之介の頬が浅く斬り裂かれ、血が滴り落ちた。
白虎は、着地すると同時に反転し、再び地を蹴って京之介に向かって跳んだ。
まるで獣だ……。
京之介は、白虎の名の謂れを知った。
白虎は、跳び抜けながら刀を閃かせた。
京之介は、その度に着物の胸元や袖を斬られた。
跳ぶのを止めるしかない……。
京之介は、跳び抜けながら斬り付ける白虎に霞左文字を鋭く放った。
白虎は、跳ぶのを止めて霞左文字を躱した。

京之介は、息をつかせず白虎に鋭く斬り付けた。

白虎は、斬り結びながら跳ぶ時を窺った。

跳ばせてはならない……。

京之介は、白虎と激しく斬り結びながら身を寄せた。

南無阿弥陀仏……。

京之介は唱えた。

刹那、白虎は弾かれたように背後に跳んだ。

京之介の左手には、血に濡れた脇差が握られていた。

二刀……。

京之介は、右手に霞左文字、左手に脇差を握っていた。

「お、おのれ……」

白虎は、腹から血を流しながら京之介を睨み付けた。

京之介は、斬り結びながら身を寄せ、白虎の腹に脇差を突き刺したのだ。

白虎は、刺された腹を押える手を血に濡らして両膝をつき、その眼に怒りと憎悪を満ち溢れさせた。

「此迄《これまで》だな、白虎……」

京之介は、両膝をついて腹から血を流している白虎を見据えた。

「ひ、左……」

白虎は、女のような顔を哀しげに歪めて何事かを云おうとした。

「白虎……」

京之介は、思わず白虎に近付いた。

「退《ひ》け……」

楓の声が飛んだ。

京之介は、咄嗟に背後に跳んだ。

白虎は爆発した。

京之介は伏せた。

白い煙が辺りを覆った。

京之介は、白虎が己を道連れに爆死しようとしたのを知った。

白い煙が消え、白虎が倒れていた。

白虎は爆死したのか……。

京之介は、倒れている白虎を見詰めた。

楓は、白虎に駆け寄って検めた。

京之介は見守った。

楓は、白虎の傍から立ち上がった。

「見事だ……」

楓は、白虎の死を見届けた。

「危なかった……」

京之介は、霞左文字を鞘に納めて脇差に拭いを掛けた。

楓は、京之介に金襴の刀袋に入った太刀を差し出した。

京之介は受け取り、金襴の刀袋から太刀を出した。

太刀の拵《こしらえ》は、水戸藩江戸上屋敷で見た数珠丸恒次と同じだった。

京之介は、太刀を抜いて見詰めた。

太刀の鍛えは小板目《こいため》。映りは乱れ。刃文は直刃《すぐは》に近い直湾れ《じきのたれ》で丁字《ちょうじ》入り。そして、帽子《ぼうし》は小丸《こまる》。

太刀の刀身は、まさに数珠丸恒次だ。だが、茎《なかご》の銘を確かめない限りは、本物かどうかは分からない。

「数珠丸恒次に違いないか……」

楓は訊いた。

「刀身を見た限りはな……」

「茎の銘を確かめぬ限り、断定は出来ぬか」

「その通りだ」

京之介は頷いた。

「ならば……」

「楓、その前に宗憲さまだ……」

京之介は、厳しい面持ちで告げた。

四

汐崎藩江戸中屋敷は、言い知れぬ緊張を漂わせていた。

京之介は、江戸中屋敷に戻った。

「おお、左どの……」

中屋敷留守居頭の奥村惣一郎は、困惑した面持ちで京之介を迎えた。

「どうされた……」

「桂木直弥を見掛けませんでしたか……」

「桂木直弥……」

京之介は惚《とぼ》けた。

「ええ。今朝方から姿が見えぬと、御隠居さまが喚《わめ》き散らしておりましてな」

奥村は眉をひそめた。

「左様か……」

今の宗憲にとり、頼りになる腹心は桂木直弥こと白虎しかいない。その桂木直弥が姿を消した。

宗憲は、不安に駆られて狼狽えている。

京之介は、庭から離れ御殿に進んだ。

宗憲は座敷の濡縁に座り、虚ろな眼差しを庭に向けていた。

「宗憲さま……」

京之介は、濡縁の先に進み出て控えた。

宗憲は、控えた京之介を見詰めた。

「左……」

宗憲は、京之介を厳しく見据えた。そこには、既に病人を装う意志はなかった。

「桂木直弥こと根来忍びの総帥白虎は、私が討ち果たしました」

京之介は、宗憲を見据えて告げた。

「討ち果たした……」

宗憲は驚き、京之介を睨み付けた。

「如何にも……」

京之介は頷いた。

「桂木直弥をか、白虎をか……」

宗憲は、嗄れた声を激しく震わせた。

「お、おのれ……」

宗憲は、京之介に激しい憎悪を向けた。

「宗憲さま、水戸藩への遺恨、我らとて決して忘れるものではございませぬ。ですが、根来忍びを使っての宗憲さまの陰謀、水戸藩に知れると汐崎藩は只では済みませぬ」

京之介は、宗憲の陰謀が汐崎藩を窮地に陥れると訴えた。

「黙れ、左。水戸藩が日蓮上人の遺品である数珠丸恒次を奪い取った悪行、公儀や天下に報せてその威光を貶《おとし》め、余に毒を盛れと命じた水戸藩江戸家老本田修理を切腹させなければ、余の遺恨は晴れぬ」

宗憲は、不自由な身体を怒りに震わせた。

「ですが宗憲さま、事は宗憲さまお一人の遺恨で済むものではございませぬ。汐崎藩五万石の命運に拘わる事にございますぞ」

京之介は、宗憲を厳しく見据えた。

「汐崎藩の命運……」

宗憲は、微かな困惑を過ぎらせた。

「はい。藩祖堀田秀宗さま以来、御先祖さまたちが懸命に築かれて来た汐崎藩。宗憲さまの愚かな陰謀で潰してはなりませぬ」

京之介は、宗憲を厳しく見据えた。

「愚かな陰謀だと……」

「如何にも。己の遺恨で陰謀を企て、藩を危機に陥れるは、愚かな所業、愚かな陰謀でしかありますまい」

京之介は云い放った。

「お、おのれ、左……」

宗憲は、怒声をあげて京之介に摑み掛かろうとした。だが、不自由な身体は、宗憲の願いを叶えられなかった。

宗憲は、その場に崩れて踠《もが》いた。

最早、斬るしかない……。

京之介は、霞左文字の柄を握った。

「左……」

宗憲は喚き、京之介に摑み掛かろうと無様に踠いた。だが、京之介に摑み掛かる事は叶わず、宗憲の喚き声は次第に嗚咽《おえつ》に変わっていった。

泣いている……。

京之介は、宗憲が泣いているのに気付いた。

宗憲は、不自由な身体を投げ出して嗚咽を洩らした。

そこには、何もかも失った無力な男がいるだけだった。

「宗憲さま……」

京之介は、宗憲を哀れんだ。

「左、どうすれば良い。余はどうすれば良いのだ……」

宗憲は、京之介に尋ねた。

「水戸藩は、数珠丸恒次を奪い、陥れる陰謀を企てた者を決して許しはせず、裏柳生に探索を続けさせるでしょう」

京之介は、己の睨みを告げた。

「何れ《いず》は突き止められるか……」

宗憲は、己を嘲るような笑みを浮かべた。

「おそらく。ですが、宗憲さまは既に病人として御隠居された身……」

京之介は、何とか逃れる手立てを思案した。

「左……」

宗憲は遮った。

「はっ……」

京之介は、宗憲を見詰めた。

「余は腹を切る……」

宗憲は、穏やかな面持ちで事も無げに云い放った。

「腹を切る……」

京之介は驚いた。

「左様。余は既に此の世にいない亡者《もうじゃ》。亡者の陰謀など、所詮は取るに足らぬ繰り言。そして、乱心の挙げ句に腹を切ったとしても不審に思う者はおるまい」

「宗憲さま……」

「左、如何に余でも、藩祖秀宗さまたちが必死に築き上げて来た汐崎藩を潰す程、愚かではない」

宗憲は、淋しげな笑みを浮かべた。

「畏れいります」

京之介は、思わず平伏した。

「ならば……」

宗憲は、不自由な身体で懸命に座り直して脇差を鞘ごと腰から抜いた。

「宗憲さま……」

京之介は眉をひそめた。

「左、いろいろ世話になった。最期にもう一つ、介錯《かいしゃく》をな……」

宗憲は、京之介に微笑み掛けた。

無念さも昂ぶりもない、穏やかな微笑みだった。

京之介は、宗憲の覚悟を見定めた。

「心得ました」

京之介は立ち上がり、宗憲の背後に廻った。

宗憲は、脇差を鞘から静かに抜いて逆手に握り締めた。

京之介は、霞左文字を音もなく抜き払った。

宗憲は、逆手に握った脇差の鋒《きつさき》を己の腹に当てた。

「ならば左、参る……」

宗憲は、穏やかな屈託のない声で京之介に告げた。

「はっ……」

京之介は、霞左文字を八双《はっそう》に構えた。

「むっ……」

次の瞬間、宗憲は腹に鋒を当てた脇差に力を込めた。

南無阿弥陀仏……。

京之介は、間髪を容れずに霞左文字を一閃した。

霞左文字は、閃光となって宗憲の首を打ち落とした。

駿河国汐崎藩の前藩主堀田宗憲は、正気を失い切腹して生涯を終えた。

「そうか、宗憲さまは腹を召されたか……」

汐崎藩江戸家老梶原頼母は、瞑目して手を合わせた。

「はい。正気を取り戻しての見事な最期にございました」

京之介は誉めた。

「正気を取り戻してか……」

梶原は、京之介を見詰めた。

「左様……」

京之介は頷いた。

正気を取り戻したとは、宗憲が根来忍びを使って水戸藩への陰謀を企てたのを認めたという事なのだ。

梶原は知った。

「左、おぬしが介錯をしたか……」

「はい……」

京之介は、梶原を見据えて頷いた。

「そうか。ならば宗憲さま、苦しまずにお逝《い》きになられたであろう」

梶原は、宗憲を哀れんだ。

「そう願い、介錯をしました」

京之介は頷いた。

「して左、数珠丸恒次は如何致した」

「取り戻しました」

「そうか、で、数珠丸恒次、どうする」

梶原は尋ねた。

「さあて、どうしますか。未だ決めてはおりませぬ」

京之介は、小さな笑みを浮かべた。


汐崎藩前藩主堀田宗憲は、正気を失った挙げ句に病死した。

汐崎藩は、公儀にそう届け出た。

公儀は、届け出を受け取った。

汐崎藩は、幼い藩主千代丸を喪主にして宗憲の葬儀を盛大に執り行った。

宗憲の遺体は、水戸藩に対する亡者の陰謀と共に葬られた。


数珠丸恒次の茎には、〈恒次〉の銘が力強く刻まれていた。

京之介は、本物だと見定めた。

数珠丸恒次をどうする……。

京之介は、その始末を考えた。

出来るものなら、数珠丸恒次を使って水戸藩江戸家老の本田修理に腹を切らせる。

京之介は、いつの間にか宗憲の願いを叶えてやりたくなっていた。

どうする……。

京之介は、数珠丸恒次の刀身を見詰めた。

数珠丸恒次の刀身は妖しく輝いた。


刀剣商『山城屋』義兵衛は、目を細めて数珠丸恒次の輝く刀身を見詰めた。

「義兵衛……」

京之介は、数珠丸恒次に見惚れている義兵衛に声を掛けた。

「は、はい……」

義兵衛は我に返り、数珠丸恒次を鞘に納めて京之介に差し出した。

「いつ見ても、見事な太刀ですね」

「うむ。義兵衛、数珠丸恒次を日蓮上人縁《ゆかり》の身延山久遠寺に返す」

「はい……」

義兵衛は頷いた。

「そこでだ、義兵衛。数珠丸恒次の折紙《おりがみ》や由緒書はあるのか……」

「手前の知る限りでは、折紙や由緒書はございません」

「ならば作ってくれぬか……」

「作る……」

義兵衛は戸惑った。

「如何にも。由緒書を作り、水戸徳川家に強奪されたが、漸く久遠寺に戻ったと書き添えてくれ」

「水戸徳川家に強奪されたと……」

義兵衛は眉をひそめた。

「左様。強奪の話が拘わる者の間で囁かれて世間に広まれば、水戸徳川家は二度と数珠丸恒次に手出しは出来ぬであろう」

そして、水戸徳川家は世間の蔑《さげす》みや誹《そし》りを受け、江戸家老の本田修理はその責めを取らされる筈だ。

時は掛かるかもしれぬが、責めが切腹なら宗憲の遺恨は晴れる……。

京之介は、数珠丸恒次を使って宗憲の願いを叶えようと企てた。

「成る程、分かりました。数珠丸恒次の折紙と由緒書を作りましょう」

義兵衛は、笑みを浮かべて頷いた。

「やってくれるか……」

「はい。昵懇《じっこん》にしている刀工や目利きに頼み、それはもう誰もが信じる立派な折紙と由緒書を作りましょう」

義兵衛は、水戸藩江戸家老の本田修理に裏切られた恨みを晴らすつもりなのだ。

「そうか。宜しく頼む……」

京之介は笑った。

義兵衛は、驚く程の出来栄えの折紙と由緒書を作った。

京之介は、数珠丸恒次に折紙と由緒書を添え、久遠寺に秘かに戻すように楓に頼んだ。

楓は、折紙と由緒書を添えた数珠丸恒次を秘かに身延山久遠寺に戻した。

やがて、京之介の張った仕掛けは、広まっていた噂の確かな証拠として囁かれ始めた。

愛宕下大名小路には、昼下がりの長閑さが漂っていた。

京之介は、三田中寺丁の聖林寺に行く為に汐崎藩江戸上屋敷を出た。

途端に己を見る鋭い視線を感じた。

誰かが見ている……。

京之介は、己を見張っている者がいるのに気付き、何気なく辺りを窺った。

大名小路に人影は見えない。

よし……。

京之介は、大名小路を外濠に架かる幸橋御門前久保丁原《くぼちようはら》に向かった。

何者かの突き刺さるような鋭い視線は続いた。視線は殺気と云っても良い程のものだった。

誰だ……。

京之介は、大名小路から田村小路に曲り、藪小路から肥前《ひぜん》国佐賀《さが》藩江戸中屋敷脇の葵《あおい》坂に進んだ。

葵坂の先には溜池があった。

京之介は、鋭い視線の主を溜池の畔に誘った。

鋭い視線の主は追って来た。
おそらく、京之介の誘いだと知って追って来ているのだ。
京之介は緊張を覚えた。

溜池には水鳥が遊び、波紋が煌めきながら広がっていた。
京之介は、溜池の畔に立ち止まって振り返った。
追って来た鋭い視線は消えた。
京之介は、辺りに鋭い視線の主を捜した。
だが、鋭い視線の主は姿を見せなかった。
刹那、背後に空を切る音が微かにした。
京之介は咄嗟に伏せた。
頭上を打矢《うちや》が飛び抜けた。
京之介は、跳ね起きて打矢が放たれた方を窺った。
塗笠を目深に被った浪人が現われ、京之介に向かって足早に進んで来た。
鋭い視線の主……。

京之介は、浪人が鋭い視線の主だと見定め、何者か突き止めようとした。

浪人は、手足に手甲脚絆《てっこうきゃはん》をしていた。

旅の者か……。

京之介は戸惑った。

浪人は、刀を抜いて京之介に飛び掛かった。

京之介は躱し、擦れ違い態に霞左文字を抜き打ちに放った。

浪人の目深に被っていた塗笠が斬り飛ばされ、晒しに包まれた顔が現われた。

京之介は眉をひそめた。

浪人は跳び退き、刀を下段に構えた。

「左京之介、おぬしに恨みはないが、どうしても殺せと命じられてな」

浪人は、晒しの間の眼に嘲りを滲ませた。

「命じたのは本田修理か……」

京之介は睨んだ。

「ああ。おぬしの仕掛けに追い詰められ、道連れにしたいそうだ」

浪人は嗤った。

京之介は、浪人が何者か気付いた。

「おぬし、裏柳生の左馬之介だな」

「如何にも……」

浪人は、根来忍びに誘《おび》き出されて向島で爆死した筈の裏柳生の左馬之介だった。

「生きていたのか……」

「いや。最早、身体中に火傷を負った生きる屍《しかばね》。亡者と云えよう」

左馬之介は、己を嘲り嗤った。

京之介は、左馬之介の顔の晒しや手足の手甲脚絆が火傷の痕を隠すものだと知った。

「亡者……」

京之介は、切腹をした宗憲の他にも己を亡者と呼ぶ者がいるのを知った。

「ああ。命は辛うじて助かったものの、かつてのように五体は満足に動かず、隠形を続ける気力も失せてな……」

左馬之介は、己を嘲笑いながら京之介に激しく斬り掛かった。

京之介は斬り結んだ。

左馬之介の激しい斬り込みには、隙が出来た。だが、左馬之介は隙を見せたまま、激しい斬り込みを続けた。

死に急いでいる……。

京之介は、左馬之介が死にたがっているのに気付いた。

左馬之介は、刀を上段に構えて京之介に猛然と迫った。

斬らなければ斬られる……。

京之介の闘争本能が咄嗟に反応し、霞左文字が唸りをあげて閃いた。

閃光が交錯した。

左馬之介は、真っ向から斬り下げられ、顔を包んだ晒しは血に染まった。

京之介は、残心の構えを取って左馬之介を見詰めた。

「左……」

左馬之介は、京之介に笑い掛けて棒のように倒れた。

「左馬之介……」

「これで漸く成仏出来る。忝《かたじけな》い……」

左馬之介は、目元に微かな笑みを浮かべて絶命した。

南無阿弥陀仏……。
京之介は、霞左文字に拭いを掛けて鞘に納め、左馬之介の死体に手を合わせた。
虚しさが過ぎった。
風が吹き抜け、溜池の水面に幾筋もの小波が走った。

数ヶ月後、京之介は水戸藩江戸家老本田修理が切腹したのを知った。
水戸藩の汐崎藩への締め付けは、本田修理の死によって少しは緩むかもしれない。
そして、京之介は宗憲の願いを叶えられた事に秘かに安堵した。

名刀数珠丸恒次はあるべき処に戻り、秘かな闘いは漸く終わった。
京之介は、数珠丸恒次の腰反りの高い堂々とした太刀姿を思い浮かべた。
数珠丸恒次は、蒼白い柔らかな輝きを放っていた……。

光文社文庫

文庫書下ろし／長編時代小説

数《じゅ》珠《ず》丸《まる》恒《つね》次《つぐ》 御《お》刀番《かたなばん》 左《ひだり》京《きょう》之《の》介《すけ》㈢

著　者　藤《ふじ》　井《い》　邦《くに》　夫《お》

2016年1月20日　初版1刷発行

発行者　鈴　木　広　和
印　刷　慶　昌　堂　印　刷
製　本　ナショナル製本

発行所　株式会社　光　文　社
〒112-8011　東京都文京区音羽1-16-6
電話　(03)5395-8149　編　集　部
8116　書籍販売部
8125　業　務　部

ISBN978-4-334-77233-8　Printed in Japan

組版　萩原印刷

お願い　光文社文庫をお読みになって、いかがでございましたか。「読後の感想」を編集部あてに、ぜひお送りください。
このほか光文社文庫では、どんな本をお読みになりましたか。これから、どういう本をご希望ですか。どの本も、誤植がないようつとめていますが、もしお気づきの点がございましたら、お教えください。ご職業、ご年齢などもお書きそえいただければ幸いです。当社の規定により本来の目的以外に使用せず、大切に扱わせていただきます。

光文社文庫編集部

佐伯泰英の大ベストセラー！

吉原裏同心シリーズ

廓の用心棒・神守幹次郎の秘剣が鞘走る！

(一) 流離 『逃亡』改題
(二) 足抜《あしぬき》
(三) 見番《けんばん》
(四) 清搔《すががき》
(五) 初花
(六) 遣手《やりて》
(七) 枕絵《まくらえ》
(八) 炎上

(九) 仮宅《かりたく》
(十) 沽券《こけん》
(十一) 異館《いかん》
(十二) 再建
(十三) 布石
(十四) 決着
(十五) 愛憎
(十六) 仇討《あだうち》

(十七) 夜桜
(十八) 無宿
(十九) 未決
(二十) 髪結
(二十一) 遺文
(二十二) 夢幻
(二十三) 狐舞《きつねまい》

佐伯泰英「吉原裏同心」読本
光文社文庫編集部 編

光文社文庫